Ljubavni roman
u dve priče

Jasmina Mihajlović
Milorad Pavić

爱情故事的两个版本

〔塞尔维亚〕
雅丝米娜·米哈伊洛维奇
米洛拉德·帕维奇 著

刘媛——译

浙江出版联合集团
浙江文艺出版社

内村鑑三研究

目 录

迟到的情书

001

爱情故事的两个版本

041

科托尔文具匣

081

哈扎尔海滨

119

出版说明

187

迟到的情书

我会在夜里戴上两枚婚戒

  这段故事的主角是一对画家。呃……名字就叫菲利普·鲁伯尔和菲瑞塔·苏吧。毕竟,名字无关痛痒,读者想怎么称呼都行。在此之前,他们俩各自经历过一段失败的婚姻,养育着上一段关系留下的三个孩子。不过,这段全新的婚姻仍旧称得上甜蜜。至少,在小说开头是这样的。那时她正值盛年,才四十多岁,而他即将在十一月迎来八十岁生日。此外,我还得补充一点,他已经颇负盛名,她则在争取女性观众,女人们正涌向她的画展。有传言说他已经逐渐落伍了,虽然在过去二十年里,他的成绩卓然拔群,堪称国内一流,还在纽约、伦敦、巴塞罗那、马德里、罗马、米兰、雅典、莫斯科、圣彼得堡乃至中国和日本举办过成功的画展，但如今，他的身体已不如从前，昔日累积的无上荣光也逐渐黯淡。虽然他还是像过去一样勤于用笔，精于画技，虽然这些画在国外仍和往日一样备受追捧，行情颇佳，但国内的拍卖会和画展上的标价已大不如前，本土的拍卖行和画廊开始对他兴致寥寥。他有时候会想，如果他死了，那些画能卖出好价……

（摘自米洛拉德·帕维奇的小说《被诅咒的爱》）

我要讲述的是两位作家的故事，关于米洛拉德·帕维奇和雅丝米娜·米哈伊洛维奇。确切地说，是关于曾经的作家的故事……米洛拉德·帕维奇已经去世了；只有我，只有雅丝米娜·米哈伊洛维奇……还在写作，写作是我热爱的工作。

在我们生活的国家，即使是我们所生活的时代——行将告别21世纪的第一个十年，同时爱上自己的工作和丈夫仍是一件无礼、失德，甚至可疑的事。这是我们不得不面对的事实。有时，我会觉得自己是带着某种缺陷出生的，因为它，我过去的五十年的人生都非同寻常……对我来说，爱是生命中最重要的事。尽管每走一步，我不得不与越来越沉重、越来越猝不及防的恨意相搏。恨任何事，所有事，甚至每个人。但恨终被战胜了；是爱包容了它，让一切归于平静。

如今，我将自己囚禁在公寓里。爱巢化作冰冷、死寂的监狱。我想每一位孀居者都曾有过这样的感受，一切仿佛都石化了，都被荒谬地否定。寂静，无声，电话不再响起；信箱里除了账单，别无他物；时钟指针的滴答声变得刺耳，就连邻居钉钉钻钻的声音也消失了……！过去的几个月里，冬季里的雪、风、雨和冰霜接连造访。天气也像在密谋着，与我为敌。

不可否认，每个人都不得不与这一切交战。无尽的冬日，节奏失控的生活。我们一醒来就不得不面对前进道路上的阻碍。这是生活的常态。想要突出重围，就会遭遇愈加复杂的局面；要想成就任何事，就必须为此付出巨大的努力，担负异常的压力……

上面的这些胡言乱语，都是我在自说自话——因为我的挚爱已经去世了。但我无法将爱人的死视为隐私。公众人物的去世不能被当作隐私；无论是他们自己，还是他们的亲人，都不能这么做。我不得不去应对这些违抗本性的事，我已经决定在接下来的几个月里用白天的时间完成麻烦的行政手续，回复来自国内外的给我丈夫的信函,整理他的遗稿。但到了晚上,夜幕降临,我只处理自己的事。

你们一定觉得每个夜晚我都会感到悲伤。是的,我会。悲伤到无以复加。难以名状,也无从诉说。不过我找到了一个可以缓解痛苦的方法。一个切实、有效的方法。我决定重新爱上我的丈夫。

我翻开米洛拉德的书,将它们视作迟到的情书。我有这么做的特权,因为我们的爱和生活都被他糅进其中。我沉醉在不同的回忆场景之中,召回的记忆远比草草浏览电子图片相册和影像专辑获得的印象生动。不得不承认,文字抚慰了我,让我自内而外看清了一些事。

我读了《双身记》,一本献给我的小说;读了《白色的突尼斯塔形鸟笼》,故事的女主角以我为原型。我还读了我们合作的《爱情故事的两个版本》和《科托尔的两段传说》,并将我们各自的故事做比较。我还想起了《永恒之后又一天》在莫斯科举办的预售会,书的封面印着题词:"献给雅丝米娜"。

入睡前,我会同时戴上我们两人的结婚戒指,期待能有美梦。尽管我穿着黑色的丧服,但这么做与其说是遵从风俗,不如说是尊重我内心深处的感受;这么做我会好受些。我每天仍旧强迫自己化妆，保持优雅，为了自己，为了他，也为了所有人。我被内心深处的那个自我驱使着，被那个在过去的二十多年里始终为节日般盛大的爱意燃烧着的自我驱使着。尽管巨大的悲伤几乎让我窒息，我仍要为爱燃烧，因为我仍旧拥有一份无上的爱情，一份稀世珍宝，它属于我，没有人能够将它从我手中夺走。

迟到的情书

晚年的菲利普在他的社交圈里显得越来越格格不入。比如，在他的圈子里，人们并不相信还有幸福的婚姻，他却婚姻美满。比如，其他人不懂得如何接纳成功，他的世界性声誉也就变成无法容忍的事。虽然从来没有人谈论过这些事，但正是这种讳莫如深，使得仇恨在被压抑的同时也被放大了两倍，甚至三倍。他和她的美满与成功威胁着原本平静的社交圈，他们必须深居简出，不再表现出获得更为巨大成功的可能。但其他人仍旧将他和她各自的成就加以平方，将两人共同的成就加以立方。太过分了。菲利普不想，也不能任由邻人心中的无名火越烧越旺。

（摘自米洛拉德·帕维奇的小说《被诅咒

的爱》)

我好像从没有收到过丈夫给我的情书。我们认识不久便住在了一起,除了出差,几乎没有分开过。我们的住所也是我们工作的地方。这样的日子持续了十七年,直到他去世。就在他告别人世的前几天,他在医院里告诉我,抽屉里还存着一些诗,这些诗献给我们的爱情。

我没有勇气取出诗稿。直到十天之后,一切都结束了,他的生命终于走到了尽头,我才鼓起勇气。那是一束题为《结语》的诗,起首的几句是这样的:

> 如果你打算再给我买一个笔记本
> 空白的没有格子的那种
> 或许我终于能够
> 为你写一封情书
> 这是第一封,也是最后一封

我会感到悲伤吗,当我被诗句撩动心弦时?抑或是欣喜?毕竟是临别的情话。言语不足以描述我心中的百感交集。没有一个词可以……我任由写满文字、诗句，最后的也是迟到的情话的纸页覆盖身体，昏沉睡去。我时常在看过伤感的爱情电影之后，因为爱情故事未能以喜剧收尾而哭泣。这一次，我却为自己哭泣，因为我的爱情故事也迎来悲伤的结局。是不是所有的爱情都会沦为悲剧？是的！没有一段爱情故事会以那句令人欣慰的"于是，他们从此幸福地生活在一起……"结尾。爱情是快乐的，但爱情的结局常常是不幸的。

但我仍要缅怀幸福。我们的生活是由幸福构成的，只是我们忽略了它。幸福是万物天然的属性，就像健康一样；这也是为什么我们会对它视而不见，无动于衷。我们都受到了诅咒。

你看，现在，我有两把让我感到幸福的钥匙。其中一把钥匙的故事可以追溯到1992年。这是一把粉色的小钥匙，曾经可以打开爱巢的大门。我们的爱巢位于一条当时名为格奥尔基·季米特洛夫的街道上，如今那条街已经改名为伊里耶·加拉莎妮娜街。那时，米洛拉德和我怀着至死不渝的决心搬到了一起，在那条街上租了一处卧室兼做客厅的公寓。公寓是个一居室，有着一条老式的宽阔的走廊，一只很小的壁橱，一间宽敞的浴室和一间特别宽敞的厨房；另外，还有一处封闭式的阳台，可以眺望昏暗的天井。我们全部的家当包括一张床、两把椅子、一台打字机、一套炊具和一张可以当作餐桌的熨衣板。米洛拉德只从他过去的住所带来一些手稿、一只手提箱和一台打字机，《哈扎尔辞典》正是用那台打字机写成的。未来的岳母借给我两只水壶，前夫还留给我一台搅拌机。我们过上了有情饮水饱的日子。那时他六十二岁，我要年轻三十岁。他声名在外，我受宠若惊。他的盛名让我畏惧；结束上一段婚姻的决定也让我恐惧，那段犹如作茧自缚的婚姻持续了十三年，直到我的身体犹如感染热病般重新燃起炽烈的爱火，直到爱情扰乱了我，篡改了我的基因。

那时的我们幸福吗？或许吧。我怀疑生命中大部分烦恼都源于此——所谓的幸福。我们曾有过欣喜若狂和此生不渝，曾有过激情和浓烈到窒息的爱，却不曾有过安宁与满足，从没有；至少在一开始，搬到塔斯玛吉丹公园对面的一居室时，我们没能拥有这样的幸福。

如今，我将这把粉色的钥匙收藏在一只小小的鸟笼形状的金色钱包里。它就躺在书桌的抽屉里，放在用完了的圆珠笔、干涸的墨水笔和带香味的橡皮边上，那只橡皮曾经用来修改铅笔手稿，用来抹去铅笔的"心"留下的痕迹。这把钥匙就和这些写作工具收在一起。

除了这把打开最初的爱情记忆的钥匙，我还有另一把鲜红色的钥匙……

船长的文具匣

那是五月的第三个星期六,"博物馆之夜"从当天傍晚六点持续到第二天早晨。只需要一张门票就可以参观整个小城的十六家博物馆、美术馆,观赏展览、音乐会和演出……和往常一样,菲利普和菲瑞塔稍晚些才出门。他们先是去了大学,参观了校长楼里的埃及木乃伊;捐献人早在1888年就从海外购得这尊木乃伊,上次展出是在1915年。接着,他们在学生广场上旁听了一场室外的生态学公开课,学到了将电子垃圾变废为宝的妙招……不久他们就只剩奔赴最后一站的力气了。于是,他们去人类学博物馆看了眼"20世纪裸体画展",便揉着惺忪的睡眼往家赶。

他们走到那条宁静的小街时,身边来往的人

群让他们吃了一惊。此时已经是凌晨一点半了。他们看见住所的大楼前停着一辆亮着旋转灯的警车。进门时,他们遇到麻烦,直到他们走到一楼,报出自己的姓名,才被允许走进公寓。随后,他们彻底被眼前的一切镇住了。

公寓被搬空了。洗劫一空。他和她的画,他们的画架,甚至连鱼缸都不见了。他们俩的电脑也被偷走了,两人画作的照片和油画颜料也消失了。空荡荡的房间里回响着警方调查人员的对话。只有放在最大的房间角落里的塔形陶瓷炉幸免于难……

(摘自米洛拉德·帕维奇的小说《被诅咒的爱》)

鲜红色的钥匙可以打开另一处公寓的大门;那套公寓有着高高的天花板,是德索尔地区20世纪初建成的美丽建筑的一部分,它是我们的爱巢,也是我们的文学温床。到了2010年,结束"博物馆之夜"后,我只能独自回到这里。我们曾经生活过的公寓楼外,很快就会有一张纪念牌:"塞尔维亚作家米洛拉德·帕维奇,1929—2009,曾经生活和工作的地方。"走进故居改成的纪念馆,我会有怎样的感受?对此我并无期待。它与爱无关——爱无须公开展示。爱就像一对置身黑暗的双生儿胚胎,在被温暖的羊水包裹、自给自足的同时,还寻求着彼此的保护,一同抵御外界的恶意。

如今我便生活在纪念馆里。老德索尔公寓是我的丈夫留给贝尔格莱德的礼物。作为一名土生土长的贝尔格莱德人,他将绝大部分遗产都正式捐赠给这座城市。怎么说呢……我们的爱命运多舛:我们用粉红色的钥匙打开一间租来的公寓,用一把闪耀着法拉利红的钥匙锁上德索尔一处改造成纪念馆的公寓。如果我生活的地方已经没有了爱情乃至生命,我究竟该如何活下去?谢天谢地,还有这些诉说着往事、让我触景伤怀的物什,透过它们,我甚至听见了过去的回声,那声音在无形中重现了往日的真实。

"不要哭,亲爱的!我们会好起来的。你为什么哭呢?"他对我"说"。

"我看到科托尔[①]带回来的匣子,想起了我们一起经历的快乐的、不快乐的事。"我"回答"。

[①] 科托尔,黑山共和国南部海港。(本书脚注若无特殊说明,均为译者注。)

科托尔的文具匣曾属于一位船长，他垫着它写航海日志，还会把火漆和金币藏在匣子内部的格子和夹层里；我和丈夫各自为它写过一篇故事。米洛拉德的故事叫《写作魔匣》，我的故事则以《藏钱币和戒指的暗格》为题。多数来参观的孩子会把这只匣子当作玩具、魔方一类的东西。他们把它拼好又拆开。盒子里有许多秘密的暗格和夹层，按下木质边缘上特定的圆钮，它们就会打开；这些数不清的暗角和遮板，可以任意变换形状。但从外面看，它不过是一只普通的、边角包着黄铜、上过漆的长方形玫瑰木盒子，没有任何特别之处。如今随便什么礼品店里都能找到比它精美可人的匣子。

最近，一位来自匈牙利赛格恩的博士生来德索尔公寓参观，他正在撰写有关米洛拉德·帕维奇作品的博士论文，当我向他展示这只盒子和它变幻莫测的魔力时，他几乎激动得说不出话来。在他看来，匣子本身就是一部虚构作品，它是小说的标题，是故事得以展开的动机，而非有形的实体！与此同时，我的心也为之澎湃，我想起了另一件事。那一瞬间，我仿佛从现实中抽离出来，被无所适从的晕眩感击溃了。

只有我知道，科托尔的文具匣是某个雨后黄昏的纪念。那时我们住在一处名为弗洛伊德的酒店里，酒店坐落于博卡科托尔湾的海岬处，那儿留存着一对爱侣甜蜜的记忆，我们在短暂的口角之后，含泪亲吻。但在匈牙利博士生罗伯特看来，它实证了文学和历史学意义上的真实。我的头脑无法将私人情感从公开叙事中剥离！

我或许应该记下其他的事，而不是这些……

白色的突尼斯塔形鸟笼

　　嫉恨不可避免地涌向他们，如影随形；他们尽量深居简出，只和极个别人做朋友。他们当然清楚，朋友们也在回避他们。他们身边渐渐只剩下她的朋友。但最艰难的是，最后，连她的朋友，那些曾经投入了极大的热情为他俩画像的友人们也逐渐远离。菲利普很早之前就意识到，人一旦发迹便无法和落魄时的友人做朋友了。你成功了，过去的朋友便会离你而去，你只得去结识新朋友，别无他法。但菲瑞塔不明白。事实上，菲利普自己对成功之后必须付出的代价也只是一知半解，他甚至不理解为什么菲瑞塔也会遇到类似的事。她的朋友们也开始对他们敬而远之。你不得不承认，成功是一件不能容忍的事。为了打发时间,他们买了一只鱼缸和一些鱼,像训练马戏团里的马一样训练鱼在水里翻跟头。鱼很听话。他们却不敢和任何人说这件事;他们知道,他们再也找不到相信自己的人了。

(摘自米洛拉德·帕维奇的小说《被诅咒的爱》)

男人的声音可以给人由内而外的抚慰。他们的嗓音深沉,响亮,却又略带嘶哑。我一直相信,男人的声音和他们挑选鞋子的品位决定了他们的魅力!如今,爱人再也无法陪伴左右,但我还保持着一个秘密的习惯。我们的电话答录机里还存着一条丈夫的留言。当我悲伤到无以复加之时,便拿起听筒,放在耳边,让那段私人消息不住地在耳边回响,告诉我,醒来后给他打电话。

我手边有许多丈夫参加外国和本地电视节目的录影带和光碟,但它们无一例外都是面向公众的!只有无意中留存下的电话语音是独属于我一人的!但愿数码音频不会磨损,但愿他的声音不会黯淡消失,但愿这份现代意义上的爱情遗迹会在今后岁月里回响在我的耳畔,历久弥新。

尽管如此,我还是会追问:锥心刺骨的悲伤将持续多久?还有爱情,真切而生动的爱又会持续多久?如今的我无疑拥有与过去截然不同的身份,我该如何面对今后的生活?曾经因为米洛拉德·帕维奇妻子的身份,我或被优待,或遭遇冷嘲热讽。人们鼓励我勇闯文坛,却又在背地里嘲讽我"榨取"丈夫的名声。如今,我成了那个人的遗孀,仍和过去一样,无法成为雅丝米娜·米哈伊洛维奇本人。我郑重地期待能通过现在的作品重新确立自己在文学界的声名,同时,我还要承担起整理丈夫的作品、让他的文学事业在死后得以延续的责任。

回首过去二十年的处境,我的脑中闪过一个隐喻般的形象——囚笼。那种巨大、精美、宫殿般的突尼斯鸟笼。在过去的千百年里,阿拉伯人发掘了声音的艺术——他们喜爱潺潺的流水,所以修建喷泉;他们醉心鸟鸣,所以设计出独具匠心的鸟笼。他们的鸟笼称得上造型艺术的珍品。有一年,我们去北非旅行,就买了一只大鸟笼。返程时,它给我们添了不少麻烦。它的大小堪比一只行李箱,这样的尺寸在飞机上必须独占一个座位。我们决定放手一搏,冒险带它上飞机,好在飞机上碰巧有这样一个位置。总之,费了千辛万苦，我们把它带回了家。如今，我在鸟笼里放了一只假鸟，这只鸟十分美丽，眼珠是玻璃做的，身上缀着真正的鸟羽，但它没有生命。我养的鱼是活的，但它们不会说话。我养的鸟是死的，是人造的假鸟。我的生活一片死寂。

婚后的许多年里，我们笔耕不辍，是文学让我们愈加迷恋彼此。我希望丈夫能为我写一篇以我为女主角的故事。我满怀期待，我觉得这是我应得的，它固然满足了我的虚荣心，但更是我俩特殊的纪念。我要求作者以一幢屋子为主要场景。如果你想了解这部游戏性质的文学作品，请直接翻到《爱情故事的两个版本》吧。让我们先回到那只精美的鸟笼。在我满怀爱意的催促下，帕维奇完成了《白色的突尼斯塔形鸟笼》。这篇小说从标题到内容无不令我意外。"我们"的鸟笼不是白色的，底座是用沉甸甸的橄榄树枝做成的，泛着那种产自地中海的蜂蜜般深邃的光泽；栏杆上点缀着粗灰铁做成的繁复装饰。这只鸟笼看起来既不优雅，也不轻盈可爱。但故事就是故事，它更加华丽，也更加沉郁。

突尼斯鸟笼犹如生活的隐喻，人们却误以为它是生活的本来面目。每个人的生活都近似牢笼。只在极少数时候,鸟儿得以从笼中放出,自由地飞翔。尽管还是在屋子里!但毕竟获得了隐秘的自由。

包括我在内的所有人只能通过自我抉择实现自由:是我们选择是否以及何时离开鸟笼;是我们选择自己在屋子里扑腾多久;是我们选择是否以及何时飞出窗户。尽管,对外面的世界,我们一无所知。

三张桌子

公寓里的摆设和过去一样。墙上仍旧挂着画,但原来的那些被偷走了,现在挂着的是一批新画。家具还是从前的。鱼缸、大厅里的四座白沙发、一体式桌子,都还是老样子;它们一度挪了位置,但已经放回原位。桌子上摆着一台十九英寸的显示器,还有菲瑞塔的笔记本电脑。两台电脑里都在播放绘画和雕塑的幻灯片。他看着"自己"的电脑,认出那是一幅完成于2001年的作品。

(摘自米洛拉德·帕维奇《被诅咒的爱》)

我们之间的关系有些复杂,它始于浪漫爱情,文学则让它历久弥新。过去的十七年里,我们似乎始终以每小时三百公里的速度向前冲刺。如今，我已经无法承受这种节奏了。这么说，并非因为那些催人不断向前的外力，那些紧锣密鼓的活动、赶场、旅行，而是因为内在的紧绷的情绪；因为爱，因为争吵，因为我们总有说不完的话，因为我们也会针锋相对，互不退让，最后只好以眼泪收场；因为那些得意、恐惧、欢乐的时刻，因为我们对彼此的迷恋……我一度以为我们的生活与寻常夫妻别无二致，可现在我意识到并非如此。当你置身婚姻的围城，一切都是进行时——你只能雾里看花！人们说，在飓风的中心，在所谓的"风眼"下，一切风平浪静。而我也曾经活在近乎真空般的寂静中。

帕维奇曾说，无论是我对他的爱还是公众对他的爱，越是爱得真切，越是充满变数。爱是一件难以驯服的事物。过去，我们或多或少地将生活视作一场赛跑，但爱情却要求日复一日地恒常静好。我们该如何是好？！大概只能满怀好奇，勇往直前。

摧毁既有的生活，开拓新的天地，这无疑需要极大的勇气。如今，我又回到了这里，回到最初的终点，最后的起点。我还记得搬近德索尔的公寓时，我们甚至连一张桌子都没有！确切地说，我们有一张老式的带轮子的电脑桌，它可以上下翻折，但只能算半张——等等，让我想想，1992年电脑还没有普及，所以，它更可能是一只电视柜。好在我们有两台打字机，其中一台是电子的，另一台是手动的，会发出咔嗒声，换墨带时会把你的手指弄脏。（噢，亲爱的，写到这里，我觉得自己像是古代人！）那时，帕维奇62岁，是一位享有世界性声誉的作家，却连一张写字桌都没有！他将自己的一切都留在了过去的家里。我觉得他放弃自己的财物乃至全部回忆时，没有丝毫留恋，他心意已决，如坠深渊般一头扎进了新生活。当时，我已经出版了一本专著，也已经在专业期刊上发表了若干作品，正是踌躇满志的时候。可我们却连一张桌子都没有……

作家如何选择书桌？书桌承载了作家的性情和创意，甚至被赋予了生命。如今，作家们只需要把笔记本电脑搁在大腿上，就有了工作台；但在那时，在我记录的那个时代，人们还不像现在过着移动人生，那时的人喜欢伏案而坐。我们为了能在新家里从事创作，四处搜寻家具。三年后，我们终于找到了，是建筑师库茨的作品。一张是适合男人用的橡木书桌，一张是适合女人用的美国白蜡树书桌。此刻，我正伏在那张适合女人的书桌上写作。现在是夏天,把笔记本电脑放在大腿上实在太热了,于是我决定回到最经典的情境里,在书桌上打字。

我们搜罗、比对,最终买到了合意的写字桌。这段经历被我写进了作品《三张桌子》,这也是我和米洛拉德的合集《科托尔的两段传说》中的一篇。不得不说,贝尔格莱德的桌子与科托尔颇有渊源。这两张桌子的确与科托尔有着千丝万缕的关系,这事说来话长。

此外,还有一张桌子联结着我们的公共生活与私人生活。那只玻璃桌摆在餐厅里。它很适合拍照,塞尔维亚本地的和来自世界其他地方的游客曾无数次举起相机,将它永远定格在照片里。这张餐桌和与之相配的铁艺椅子出自一对诺维萨德设计师之手,是一位男设计师与一位女设计师联袂打造的。他们采用特殊工艺,让玻璃板呈现出三个不规则的层次。朋友曾一边打量着桌子,一边对我说,桌面的颜色、质地,那种通透的感觉,就像博拉博拉岛[①]附近的海面。我们曾和家人、朋友围坐在桌边,度过了许多欢乐时光。

---

① 博拉博拉岛,南太平洋中部法属玻里尼西亚社会群岛中背风群岛的火山岛。

那天起,我们便把这张桌子叫作我们的博拉博拉岛。

我无意写作一篇历数德索尔公寓内所有家具的流水账,只是想陈述那个众所周知的悲伤事实:人虽然可以占有、使用物件,但人的生命何其短暂,而物却会以亲切可感的方式长久留存。身为公寓的女主人,我在清洁、维护和保养这些物什上煞费苦心。丈夫曾经告诉我:"别管它们……这些东西会比我们活得更久!它们不值得你花费这么多心思。"那时,我不理解他的话。如今,写下这篇文字时,我不无悲伤地理解了他的意思,却也体味到回忆的愉悦和温暖的抚慰。他留给我的,不止于此……

珍珠项链

"好吧。最后一个问题。你们相爱吗?"

"当然。你难道不觉得这是一切的前提吗?菲利普和我,我们俩从不掩饰对彼此的爱,所有人都看得一清二楚。"

"好吧,你就没有想过这事也会惹他们嫉妒?"尼尔·奥尔森继续说道。"你逃到这里,我觉得不可思议。你们承受了太多嫉恨。这并不容易。尤其是你。他们没法报复菲利普,便把一切转嫁给你……你一定是让谁欠下了大恩情,那人一直铭记于心,这也是为什么他一定要报复的原因,因为那些最激烈的报复通常指向善人。不过,这并不重要。你现在的处境已经不那么糟了。尽管你并没有意识到这一点。但就像那位音乐家说的，回去就意味着你们的作品将无人问津。你不如留在这里，随遇而安。你也知道，昨天我去看了巴塞尔的展览，棒极了。有种似曾相识的感觉。没人会期待一位最出色的画家会是一个恋家的人。"

"为什么？"

"他们不知道该如何接纳你们。他们不希望其他人拥有的比自己多。但在这里，人们能够很好地接纳你们。你们现在的处境可并不像你们想象的那样糟。"

（摘自米洛拉德·帕维奇小说《被诅咒的爱》）

你被爱过吗？当然，我是被爱的那个。这份爱如此强烈，充满占有欲，超乎想象，甚至充满冷酷的私欲和跌宕的情节，通往痛的边缘。

我爱过吗？当然，我爱过他。那种女性特有的独占之爱，驯顺的，满怀同情，却又难免紧张，神经过敏。

我们相爱，将彼此视若珍宝，这份爱如此盛大，充满节日般的欢欣。

丈夫给我的第一份礼物是一只精巧的女士烟斗，

一只泛着桃花心木光泽的烟斗!帕维奇是嗜好烟斗的瘾君子,这第一件礼物显然意味深长。我要彻底地占有你,我要你成为另一个我,成为我的另一半——礼物仿佛在倾诉衷肠。说来也巧(或者说一点也不巧),我给他的第一份礼物是一只蜜色的用来装烟草的陶瓷密封罐!我的礼物也在诉说着:我要你只属于我一人,我要把你藏在我专属的小罐子里。近二十年的婚姻里,我们争夺着爱的霸权,试图让自己的爱超过对方。更多时候,我们不断用创作向对方释放着无尽的魅力,确证着我们的爱情。你们爱上的是艺术家,你们的情爱必然犹如暴风骤雨。

爱情本身是不足以表达爱的。多么自相矛盾的话啊,却是事实。仅仅去爱,是无法让艺术家满足的。这也是为什么他必须创作,必须向公众展示作品。他是展示自我情感的行家。他恨不得大声宣布:看我吧,爱上我吧,我需要全世界的爱!这也是为什么如果对"艺术家"和"爱"追根溯源,不难发现这两个单词的词根是近义词。想象艺术家们私下的爱吧——无疑是爱的 N 次方!

我喜欢回忆那些浪漫的礼物。它们各不相同:价值不菲的，冒傻气的，小的，大的，让人眼前一亮的，让人摸不着头脑的，每一样都经过精挑细选（当然也有皮带、钱包、帽子、手套一类应景却不免俗气的圣诞节礼物）。不得不说，我收到的礼物远比送出的更富想象力；女人更容易被礼物收买。

他为我买一只万花筒，我会回赠一只沙漏，因为我们喜欢沙子缓缓落下时那绵密多彩的姿态。他赠我一串珍珠项链，我会回赠他一枚扣饰，就是固定在男式衬衫最上面的纽扣上修饰脖子的那种。为了他，我满世界收集空白（既没有线条也没有格子）笔记本，搜罗富有想象力、装帧堪比真正的图书的笔记本。毫无疑问，笔记本是作家最贴心的伴侣。如今，人们不断发明稀奇古怪的"笔记本"，比如电子书、触摸板、掌上电脑，等等。这些电子设备还没有专门的塞尔维亚语名字，我现在只能把它们的英语名用塞尔维亚语拼读出来。

我最喜欢的礼物是缀了整整四排珠子的珍珠项链。四十岁生日的午夜，他给了我一份惊喜。项链装在一只深蓝色的绒布盒子里。我喜欢它戴在脖子上的感觉；我喜欢被珍珠一类的自然物触碰时的午夜般的微凉；我感觉自己就像躺在一片未知的海里，被海水包裹。虽然我看不见，却能感受幽暗之中的奶白色光泽；它就在我的肌肤上微光闪闪，如此真切，如此微妙。这条珍珠项链似乎有些过分华丽了，但我每次出门旅行还是会将它当作护身符般带在身边。去海边的时候，我也会戴上它，它是我的秘密旅伴。不过，即使是最出位的娱乐明星也不会戴着珍珠游泳，所以，我总是在夜里，借着夜幕的掩护，让那些珍珠重新浸在海水里。我一次次让它们重回最初的家园，希望它们能永葆生气。事实上，我和它们一样，都是盐与水孕育的生命。这也是为什么在我看来所有的礼物中这条珍珠项链尤其宝贵。它是另一个我，是生命的另一种形式，它会在我死后，继续留在这个世界上！

巴黎之吻

——求你,求你别再逼问我了。尤其是不要问我关于画画的事了。从遇见你的那一天,你已经是神了,不只是我眼中的神,在艺术领域,你也是神一般的存在。想象一下,如果你是普通人,当神向你求助时,你能怎么办。你只知道画画,对其他事不管不顾。我已经受够了。我根本不觉得自己有绘画天赋。你是为了绘画而生,我则是为了谋生才画画。你已经八十岁了,还是个病人,我们已经永远失去携手安享余生的可能。我们原本可以,我提醒过你,但你不以为意。现在已经太迟。我还要告诉你,和你待在同一间房子里,我简直没法作画。在这儿,我俩的频率会彼此影响。总之,我要的是生活,而不是画画。我想,

> 我本可以画得更好，如果没有被知名画家之妻的身份所累，没有和你捆绑在一起。我总算明白了：你的幸福是建立在我的牺牲之上。我必须反抗，否则我将一味消沉下去。
>
> （摘自米洛拉德·帕维奇的小说《被诅咒的爱》）

我在《巴黎之吻》的结尾写道："是爱的勇气，让我获得无与伦比的幸运。"曾经，我觉得这样的表达稍显浮夸；但如今，当我独自一人带着审视灵魂般的孤寂重读这句话时，却意识到这不过是在陈述事实。生命中喜悦和困难都源于在爱里一往无前的决心，而爱的对象可以是对人，也可以是对物：伴侣，孩子，亲人，宠物，神，祖国，家乡，工作，一本书，一个物件，甚至一座山，一处风景，一朵花……

帕维奇和我迷恋巴黎。一开始，我们被当地的氛围和建筑深深吸引。我们置身这座现代都市，一转身便可见神秘、狭仄、垒石为城的中世纪景观，这是巴黎的诱惑所在；巴黎人喜爱一切具有艺术趣味、彰显享乐精神、离经叛道、独树一帜、轻松愉悦的事物，他们乐于从中发掘生活的意义。在我眼中，巴黎和贝尔格莱德一样，都是恋人般的存在。它透着一股别样的激情。而我的灵魂深处住着一位永恒的少女，她始终对远大、非凡的事物怀抱期待。

我们一次次前往巴黎，一次次重新认识巴黎。游客们只需一眼便能爱上一座城市，类似一见钟情的激情之爱。与之相反的是当地的居民，他们往往对居住地无甚感情，无论爱恨，都很漠然。我们俩却有幸一次次爱上巴黎，每次离开，都仿佛为了能够在重逢时再一次陷入爱里。

我回忆起我们在巴黎庆祝圣诞节的情形。那天，我们在孚日广场，天空飘着毛毛雨，是典型的法国才有的温暖天气。一队罗马尼亚男子剧团正在广场边的拱廊下表演探戈。男子们穿着细长条纹的黑色紧身套装和长筒靴。他们迈着步子，仿佛从另一个时空穿越而来，广场成为他们的背景。音乐声穿过拱廊的拱门，格外悠扬。那一刻，我意识到我已经陷入对米洛拉德无尽的爱里。这份爱不会褪色，通往永恒，至死不渝。

我们沿着玛黑区的羊肠小道走着，直到夜幕在巴黎低沉的天空中垂落第一片暗影。我们拐进了街角的公园。公园里有几张长椅和一张标牌，牌子上写着：鸟鸣公园。环保组在这里栽了一片某类鸟儿偏爱的树木。黄昏时分,准备入睡的鸟儿们栖息在枝头,组成了一支合唱团,唱起了歌。多么和谐的歌声,这才是真正的合唱!既有人为的设计,也有自然的鬼斧神工。我躺在长椅上,头枕着丈夫的腿,我闭上眼睛,想象着我的肉身不复存在,只剩下爱情本身。从此,没有人能够伤害我,我轻声祈祷着,一遍又一遍。

我们在香榭丽舍共进晚餐,享用贝类、螃蟹和钴黑色小蜗牛拼盘。这时我才真正意识到我身在何处。我不愿离开这里。林荫道上的灯光,客人和路人的低语,车来车往的喧嚣。声光在我的脑中糅合成同一个声调。我抬起头,秋天的第一片落叶在我面前坠落。它如同失重般缓缓飘落,我仿佛听见它发出沙沙的声响。它落在了我的盘子里,我感到彻底的幸福与满足。

逃到河对岸

"尽力让自己快乐起来!"

(摘自米洛拉德·帕维奇的《双身记》)

我渐渐觉得那句俗语——时间可以抚平一切伤口——并非真理。与爱人诀别的心痛只会与日俱增。为了填满身体里这道不断扩张的裂缝,我尝试一切可能的方法:工作,写作,旅行,郊游,安慰剂,娱乐消遣,巧克力,香烟——我已经尽力!为了将记忆尘封,我垒起越来越高的心墙,可记忆的梦魇仍旧轻易逾墙而出。

最近,我总是想起帕维奇和我庆祝新年的小伎俩。因为假期和新年实在不利于出行,我们想出了一个回避假期前后出城和返城高峰的妙招。年末,我们会提前在新贝尔格莱德区①找一家心仪的酒店,定一间客房,在那儿消磨旧年的最后两天和新年的头两天。我们只需带上"短途"旅行的行李,穿过大桥,从旧城来到新城,就能迎来离群索居的田园生活……在这趟装模作样的新年旅行期间,我们无须赶回德索尔的公寓。河流成为一道屏障,让我们在心理上获得了逃离的假象。

因为不用奔赴下一个旅行目的地,无须舟车劳顿,我们稍事休息,便开始纵情享乐。我们在室内游泳池里畅游,在餐厅里享受旧年的最后一顿午饭。在除夕夜,我们会在自己的房间里,身着华服,品味着独属于我们的晚宴,透过四楼的窗户欣赏烟火。在一月一号的下午,我们会邀请朋友们在酒店熠熠生辉、装饰精美的拱廊里品尝甜点。简直妙极了!我不想逛街,我们也不想为航班延误、交通堵塞操心,我们不需要大手大脚的豪华旅行,尤其不想为了一顿新年晚餐铺张浪费。于是,我们想到了这种特别的旅行方式——就在我们自己的小城里,享受闲暇,彻底放松!

我们这样度过了两个新年夜。这无疑是我们度过

---

① 贝尔格莱德下属的十七个区之一,它与斯塔里格勒区(意为"老城")分别位于萨瓦河的两岸,隔水相望。德索尔街道就位于斯塔里格勒区。

的最美妙、最简省，也是最富激情的两个新年夜——也是我最珍贵的记忆。我们将新年假期变成了蜜月。实际上，新年和蜜月并无二致：节庆的氛围，精心装饰过的房间，巨大的布丁般的双人床，如胶似漆的夜晚，礼物，华服，在床上共进早餐，枕畔的耳语，宽敞的浴缸。我甚至特地从布兰科大桥另一边的家里带来了芬芳的浴盐，这是我特地为新年假期挑选的。

至于前来问候我们的朋友和家人，他们恨不得立刻从人头攒动的假日餐桌上逃走，躲进酒店，放下连日聚会后的恐惧，缓解精神上的压力。我们将他们也带进了这场假装在旅行的游戏里，试图让他们也沉浸在远走他乡的幻觉里。他们陶醉地抿着咖啡，各自点了一块切片蛋糕。离家出走让他们感觉轻松，即使家中的盘子里还有丰盛的蛋糕，但这一片蛋糕却因为满是自由的滋味而更加香甜。

我们夫妇二人都是作家，在我们的生命里，酒店扮演着重要的角色。我们频繁旅行，我对酒店的感情与对我们到过的城镇、欣赏的风景的热爱并无二致。在我看来，酒店客房并非临时的住所，而是另一个家。在酒店里，我能从日复一日的操劳中解放出来，更加轻松地写作。我能稍稍沉浸在幻想中，仿佛自己是一位养尊处优的贵族,有一群侍从、一处宅邸、一座花园,尽管这幻想异常短暂。透过酒店窗户看到的各色风景,也改变了我看待世界的眼光。我的目光被打磨,被激活,变得更加开阔,更加有力。感谢我们携手并进的旅程!是旅行充实了我的思想。

如今,我开始了新的生活。我担心它会失控。它已经支离破碎,一片混乱。偶尔,我甚至觉得自己是在表演,而不是在生活。一次次,我就像一位参加带有商业性质的百米赛跑的修女。我的生命不再完整;我失去了我的另一半,我的挚爱。但我会尽力让自己快乐起来。

爱情故事的两个版本

女人的故事：文学遗产

雅丝米娜·米哈伊洛维奇

献给西尔维娅·蒙洛丝

拉扎·科斯蒂奇[①]曾向他的挚爱——莲卡·顿德斯卡承诺，会将威尼斯的安康圣母教堂献给她。尽管这是诗里虚构的情节，但每个塞尔维亚的孩子在开始读短篇故事的年纪就已经知道这段爱情和其中的三位主

[①] 拉扎·科斯蒂奇（Laza Kostić），塞尔维亚诗人，被誉为最后一位伟大的浪漫主义者。诗人在爱人莲卡·顿德斯卡去世后，怀着悲痛的心情，创作了诗歌《安康圣母教堂》。这首诗是塞尔维亚最优秀的爱情诗之一。——作者注

角——莲卡、拉扎和教堂。安康圣母教堂是世界上最著名的建筑之一,因为这个故事,它将永远属于一位特别的塞尔维亚女子——莲卡·顿德斯卡,而她甚至无须为这笔财富缴纳遗产税和契税。我有些嫉妒她。

如果莲卡可以拥有一笔精神的财富,那么我也可以。

不过,莲卡是去世后得到这份房产的。而我,坦白说吧,决定在生前就得到。她生活在19世纪,我生活在21世纪;时过境迁,人们对财富的认识已经发生改变。

事情是这样的。我的丈夫是一位作家,多年前,他就自诩为木匠、铜匠、泥瓦匠一类的手艺人,期待遇见向他定制故事的"客人"。

"如果你能拜托木匠定制一扇门,为什么不能委托我写一个故事呢?如果你能找建筑工人帮忙造房子,为什么我不能'按要求'去创作小说、故事、诗、戏剧或者其他的什么?……"

丈夫竟然将写作比拟成如此反文学的平凡琐事,我着实受到了惊吓。许多年过去,随着房地产的价格不断上涨,房产的供应量不断紧缩,渐渐地,我对"作家是手艺人"的反对也不那么坚决了——我决定去定制一篇自己的故事。

两件事让我下定决心。第一，我出版了自己的作品《私人珍藏》，拿到了一笔稿费，数额很小，但聊胜于无。第二，我家附近有一片萨瓦河流经贝尔格莱德时冲刷出来的坡地，坡地上有一条名叫卡拉多尔德瓦的街道，那条街总让我生出莫名的亲切。看似不相关的两件事就这么联系在一起：我要用书的稿酬定制一段故事，故事可以满足我"定居"在卡拉多尔德瓦街的愿望。当然，我的终极目标是，得到一处虽不真实、却永远属于我的房产。

我把上述想法告诉丈夫。

"我想定制一段以我为原型的故事。所有的读者和当今乃至未来的文学史研究者一眼就能看出主角是我。只要故事合我心意，我就付你报酬。你是我丈夫，我对你绝对信任，所以不会催你交稿……但我有一个条件：故事里的房子一定是我亲自挑选的。除此之外，请你尽情施展艺术才华。小至房子里的家具、摆设，大至故事的主题、情节、动机……"

我相信他会答应的。

他果然答应了，没有一丝犹豫。

这事绝非儿戏，也不牵涉到实际的利益，我们甚至没有想过该怎样收场。

但在敲定这份"合约"前,我们必须一同去附近逛逛,决定虚构中的我住进哪幢房子。

萨瓦河畔的坡地对我有种难以名状的吸引力。无论步行,还是乘车,但凡经过那片街区,我便生出重回子宫般的踏实感,感觉身体被海岬边温暖的海水爱抚,平静、轻盈,甚至轻微地失重。走到加弗里拉普林西街时,这种感觉便突然袭来;但到了帕里斯卡街,便消失了大半。这种感觉在卡拉多尔德瓦街时最为强烈。太古怪了……这里是整个贝尔格莱德最脏乱的地方:裸露的墙面,残破的屋顶,战后混乱不堪的城中村,大型货车经过时留下一路烟尘、尾气和噪音,商店里放着滞销货,轮胎店外停着脏兮兮的轿车。尽管如此,这里也曾是贝尔格莱德最漂亮的街区之一,一度散布着码头、华丽的高楼、剧院、别墅和广场。城里的上流人士曾经聚居于此。但现在,我们却只看到都市化与逆城市化对峙后的"建筑"遗迹。这里见证了塞尔维亚人短暂的辉煌,他们一度聪颖、精致、文明、美丽,与时代潮流同步……至少是紧跟潮流。但现在,我不置可否;我不再相信任何事了,只偶尔对未来怀有一丝期待。

我们并非一味闲逛，至少，在散步途中，我们可以看到街区的真实面目。

想到拉扎·科斯蒂奇的那份无形遗产，我难免心绪起伏。毕竟，你无法将萨瓦河畔坡地的房产与威尼斯的安康圣母教堂相提并论。况且我也不像莲卡·顿德斯卡那样出生在一个权位显赫的富裕家庭；虽然，现如今我俩的境况倒有些相似。第二次世界大战后，她整个家族的财产都被没收，财富就像卡拉多尔德瓦街上的建筑外立面一样消失殆尽；好在莲卡不久便收到了一份永不消失的馈赠，一座教堂。教堂建在威尼斯松软的湿地上，却屹立不倒，在现实中如此，在诗中更是如此。那么，我还有什么不满足的？莲卡需要的也不过如此。我需要的也只是一处文学意义上的房屋。

丈夫和我在卡拉多尔德瓦街上闲逛，寻找我的文学家园。我偷偷打量那些可疑的建筑、院子里尘封的角落、见证昔日失落荣光的宽敞楼梯，它们无不散发着独特的能量，令我陶醉不已。我们遇见了各式各样的人，废旧棚屋里衣衫褴褛的下等人，把"货物"藏在阁楼里的"商人"，穿着过时衣裳的中产阶级老妇，把我们当作检查员的可疑租客……我们不时拜访这地方，有时在白天，有时在夜里，更多是在喧嚣退去的周末。我们在昏暗的走廊里接吻，走廊里的灯多数已经烧坏了，只有少数还亮着。大楼落成的年份还刻在石板上，但上面的盾形徽章已经被时光剥蚀，认不清了。我们看着残破的彩绘玻璃窗，想象大门后的世界，甚至研究起租客的姓名。我想，这场以文学之名的调查带给我们的快乐远大于真正拥有几处价值可观的大楼或公寓。

结束调查后，我们对照文献和电子版的城市地图，研究建筑布局和闲置的空地，把亲眼所见的景观与鸟瞰视角的地图联系在一起。我们还翻查了许多小册子，了解这些建筑背后的历史。夜晚，我会梦见破旧的楼梯，通往泽列内凡纳克街的斜坡路，废弃建筑外壁上的水泥渍，窗户里亮起的点点灯光，那迷人的温暖让人好奇屋里陌生人的身份。我感觉自己在这份"真实"之中沉潜已久，似乎生出一只类似潜水镜或者声呐的眼睛；那是从天而降的扫描仪，通过这第三只眼睛，我能感觉地下河的流动，它们分叉、交汇；而在地上，清澈的溪流汇入满是泥沙的萨瓦河。最终，萨瓦河与地下河交融在一起。

我们成了不折不扣的偷窥狂，当然，兴趣限于萨瓦河畔的坡地。

一想到定制故事意味着这里的某一处房子即将属于我,我便按捺不住心中的狂喜。该怎么选呢?

我必须有真实的考量和依据。我在脑海里勾勒出我能够管理、维护的屋子的状貌。它是真实存在的,位于卡尔加维卡马尔卡街一号。"这幢配有遮雨遮阳棚的房子伫立在卡尔加维卡马尔卡街的一头,这条街位于萨瓦港和泽列内凡纳克街之间……它被称为'卢卡·切洛维奇之屋'。它建于1903年,工程师米洛什·萨维西克设计了这幢结合了新巴洛克元素的新文艺复兴风格建筑。"书上还说,入口大门处有一面盾形徽章,上面印着花体的"L.Ć.T.";旁边还有一张铭牌,写明这幢房子捐给了贝尔格莱德大学。这幢屋子的主人是贝尔格莱德本地一位颇有声望的商人卢卡·切洛维奇(1854—1929)。在很长时间里,他担任贝尔格莱德商会的主席,主席办公室就在隔壁楼。从那儿可以望见广场上的美景,那里曾是著名的"小集市"。[①]

尽管这幢屋子捐给了贝尔格莱德大学,但大学并没有真的使用它。它曾是社会主义资产,是旧秩序

[①] 见后文——米洛拉德·帕维奇著《白色的突尼斯塔形鸟笼》。——作者注

的遗留之物，政府不知道该如何处理新旧更替之际的遗存，于是这幢建筑的法定归属权的判定被无限期延后，所以，它可以挂在我名下。除非丈夫去世后，他的继承人质疑我对故事的所有权和我在故事中拥有的房产。但愿文学史家们不会撤销我的地契。文学记录了我对房产的属权，文学不比土地登记簿更为有力吗？！

选定卡尔加维卡马尔卡街上的宅子后，我的丈夫便开始撰写我的故事，我却不禁陷入两难之中。如果我确实喜欢这部作品，该付多少报酬呢？我们之间没有签署书面协议（在此之前，我们只有一纸婚约）。此外，这笔交易还具有双重性质，不仅涉及文学创作，还涉及一笔无形的财富。既要考虑房屋有多少平方米，也要考虑故事里有多少角色；当然，还要考虑它的艺术价值。我担心自己的出手太大方了，又担心自己太过吝啬。

我将整件事情告诉了一位颇为信任的朋友，令我左右为难的困局随之迎刃而解。

"你的房子大概多少平方米？"

我一五一十回答。

"你的书赚了多少稿酬，你又准备从中拿出多少来买下这个故事？你大概预备交出你的全部稿酬吧？！尽管如此，但作为一名作者，我不得不提醒你，按市场行情，男作家和女作家的报酬并不相同，男人和女人从事其他工作时也是如此。所以，可别觉得你给了艺术家多少赏赐。"

我的脸红了，我报出《私人珍藏》的稿酬，这本书有整整257页，在电脑里有足足854个字节。男作家和女作家的报酬的确不尽相同，但也取决于编辑是男还是女。

我也把预备给出的数额告诉了她。当然，是底价。

"你看，我们已经知道建筑面积和报价，我得恭喜你。你以低得不能再低的价格成为贝尔格莱德市中心某幢屋子的主人。每平方米的价格不仅低于市场价，甚至低于社会主义时期的报价。没什么好担心的，怎么看你都是赚的，你可真幸运。好好享受你的财富吧！"

这笔财产让我颇费周折，莲卡·顿德斯卡得到安康圣母教堂时可一分钱没付。但真的有天上掉馅儿饼的事吗？我们当然可以说是那段失去了的爱情成就了诗歌。但代价远不止于此，她还献出了自己的生命！

与此同时，丈夫正按照我的要求埋头苦干。他不停地写啊写。他写作时，我形同弃妇。他变成了一位充满距离感、难以企及的陌生人。虽然他在为我写作，并且在书写我，但他仍拒我于千里之外。而我一心只想靠近他，不仅因为我们之间有文学作纽带……还因为根植于人性的占有欲……该死的占有欲，因为它，我们被逐出了天堂。

终于，我等到了一个迷人的春日。我可不是在重复陈词滥调，我是打心底觉得那日子美妙极了。那天，丈夫向我正式宣布：

"我已经完成订单，故事写好了。你准备好了吗？我要交稿了，我预备要读给你听。故事就叫《白色的突尼斯塔形鸟笼》。其实，我还满足了你另一个愿望……"

多年前的夏天，我曾到突尼斯旅行，没有买下当地颇具东方特色的十字编圆柱形鸟笼的事至今仍令我懊悔不已。我不喜欢那种取悦游客的迷你型鸟笼，我想要一只可以装下几只鸟儿的货真价实的大笼子。可惜我既不养鸟，也没有可以配合鸟鸣发出潺潺水声的喷泉。毕竟我住在贝尔格莱德，这里只有脏兮兮的鸽子和公共喷泉，公共水管不出一周便干涸，再也不会流出一滴水。

"现在就可以。"我说。

"那笔钱,我志在必得。"

我早就把钱准备好了,装在白色信封里。我们面对面坐好,摆出"对阵"的架势。他捏着手稿,我握着信封。

"人的思想犹如房间。"他念道,"有的是富丽堂皇的大厅,有的是角落里的阁楼。有的阳光充足,有的暗无天日。有的可以眺望河景与天空,有的只开了一眼天窗,有的甚至是没有窗户的地下暗室。词语犹如摆在房间里的物件,可以从一个房间搬到另一个房间。"

随着故事的展开,我的心几乎要跳了出来。恐惧、欣喜、怀疑,百感交集。故事会怎么发展,结局如何?我们私下的生活与故事的界限在哪里?真的存在这样的界限吗?故事里的我美吗?他眼中的我是怎样的?他爱我吗?

我就像准备去约会的少女,等待着心上人的电话,直到神圣的时刻终于来临。

朗读绝不是诉说情话,即使他的朗读充满感情且极富文学意味,但朗读带来的愉悦已经超越了情人间的肉体之欢。我踏上了一条发现自我的旅程。我将与故事中的我合二为一。

这场景让我觉得似曾相识,是在梦里。很久以前,我还十分年轻的时候,曾经梦见过。如今,梦境成为现实:

> 我独自一人站在一座大教堂的中央,仰望着上方巨大的穹顶。突然,有金色的叶子从穹顶的正中间飘下来,一丝一缕,仿佛从天而降的细流,那些薄薄的叶子看不出由什么做成的,但质地华美。我想,它们大概会一直落下去,落到天荒地老。我被眼前的美景触动了,想要和其他人分享我的快乐。但令我吃惊的是,其他人似乎什么都看不到。人们望着其他地方,只有我独自陶醉在幸福之中。

*

M.P.念道:

> 因为独自生活,我的失眠越来越严重,但对抗失眠的法子我早已谙熟。我只需躺在床上,动

一动脑，就可以战胜失眠。我是一名室内设计师，之所以想到这个办法，也与我的职业有关。首先，我需要一处合适的屋子。地板下一定要铺着燕麦秆，防止地下的阴气弥漫到屋里。选定了房子后，我便开始在头脑里想象屋内的摆设。每天夜里，我都会想出一套全新的方案。我在屋子里安置了各种各样的物件，每一件都由我亲自操持。我之所以事无巨细、费尽心机，不单是为了美观，更是为了一个特别的人。为了 J.M.。只要能让她满意，我愿赴汤蹈火……

失眠的夜里，我决定不再清点活到现在到底买了多少双中看不中用的鞋子，而是想象自己住进卢卡·切洛维奇之屋后该如何装修。我知道 J.M. 喜欢这幢房子，这是我选择它的关键所在。J.M. 能敏感地感觉到不同"领地"传递的能量，尤其是那些积极的能量。她认为东正教教堂和萨瓦河之间的街道是一片特殊的"领地"。那是萨瓦河畔的坡地，那儿在冬天也会散发出秋天的气息，犹如冬天里的春天。J.M. 觉得，她踏进这片"领地"后，便听见有人唤她，听见了那个真正属于自己的名字。她带着这个名字离开，她有了新的名字，成为新的自己。卢卡·切洛维奇之屋位于这片"领地"，正是在这幢屋子里，她开始了新生活。

我一边走进这幢意念中的屋子，一边像念诵咒语般将J.M.的名字拆成十七个字母，为屋子里的十七个房间编号。

M.P.继续读道：

> 和J.M.相处的日子里，我每天都在观察她。每一天，我都会留意她纤瘦的胳膊和手掌的动作，她走路的样子，她梳头发的样子，她挺直的脖颈，她美丽的肩膀和大腿，她落座时起伏的胸脯，她转身的姿势，她坐在扶手椅里或者奔跑时蜷起的双腿，甚至她赶在其他人听到运输炸弹的飞机的轰鸣声之前，早早地做好准备，抱住脑袋的样子……我编了一本小小的《J.M.动作辞典》。每一个动作，我都做了标注。不过，标注她那些即兴的舞步尤其困难。她总是一个人独舞，从不邀请我做她的舞伴，那些舞步是她最美丽的创造。

于是，我的辞典里出现了一系列特别的符号，这些符号让人联想到上世纪初俄罗斯芭蕾舞专家尼金斯基等人在给芭蕾动作打分时使用的符号。我将这些符号也编进了辞典，方便查询页码。这是一整套动作类型表，就像一套秘密的字母表。它让我想到那些成人电脑游戏里可以控制角色，让他们做出跳跃、转身、奔跑甚至游泳之类动作的按键；J.M.和我把它称为"无字的小说"。为了配合这些动作，我定制了各种各样的家具，J.M.会用肢体语言与每一样家具对话——推开门，拉开抽屉，放低书桌的写字板。我还为房间挑选摆设，好让J.M.可以在其中自如地舒展动作，一切都与对她的天性相符，至少在我的脑海中，她的每一个动作、每一个神态都栩栩如生，她进门的神态，爬楼梯的样子，从出口离开的背影……

哦，故事中的我真美啊！甚至比现实中的我、比我眼中的我还要美。还有那幢屋子和屋子里的摆设……简直疯狂！

自恋，是让我们被逐出天堂的原罪。但此刻，自恋却彻底蒙蔽了我的感觉。我不知道该如何描述此刻的感受……我迷恋的究竟是故事里的我，还是现实中的我？迷恋的是我的丈夫，代号 M.P. 的人，那位作家，还是小说中的角色？又或者是故事本身？迷恋此时此地的我们，有血有肉的我们，又或者我们身体里那个模糊了性别的灵魂？我是谁？我们是谁？

爱人之间的文学游戏渐渐演变成一个宏大而危险的存在问题，甚至是复杂的玄学问题。

终于到结局了！一切柳暗花明。你也该读读这故事，我没有刻意推销的意思，更不是自吹自擂。总之，这故事值得一读！

故事念完了，我没说话，将信封递给了丈夫，从他的手中接过手稿。他饶有兴致地点了点钞票。

"你也看出来了，我很满意。你不仅满足了我的心愿，还带来了惊喜……"我的身体乃至整个灵魂都在颤抖，语气却异常平静。"你现在打算怎么办？接下来我们该做点什么吗？该怎么处理这篇故事的版权？你打算把它印出来，就像那些公开出版物一样印上几千份，还是只留下给我的这一份？"

"我没来得及告诉你，我决定为那些你没有选中的房子写一系列故事。萨瓦河畔坡地系列！当然，这则《白色的突尼斯塔形鸟笼》也属于这个系列。我希望你不反对我这么做。"他一五一十地说。"这笔钱我收下了,算是给我的劳务费。"他商人气十足地咯咯笑着,用信封摩挲着下巴。"我准备用这笔钱买件衣服。你拿到稿酬后也是这样做的吧?说实话,我也乐意花在衣服上……我运气不错,我会把它当作纪念。能买到一件上档次的外套……你出手大方。"

天啊!我的头脑一阵发蒙。我用稿酬买下了一件艺术品,这件艺术品的创作者却用这笔报酬买外套!

天啊!我受够了老掉牙的道德说教。我来到了母亲和妹妹的家,把这个故事读给她们听。至少今天,故事只属于我。

走到家门口,我妈妈看到了我脸上的表情,于是问道:

"你买了一条新裙子?"

"不,妈妈,我的老天爷,它可比裙子贵重得多!"

"难道是一条毛皮大衣,你竟然在春天买毛皮大衣!?"

"不,妈妈,我的老天爷,我从我丈夫手里买了一篇故事。故事的女主角是我,我在萨瓦河畔的坡地上买了一幢房子。"

妈妈惊讶地看着我。

"不，不，不是真的买了。你别担心。我待会儿给您解释。况且即使真的买了，又怎样呢！"我心中蹿起一丝叛逆的火苗。"您听完我的故事就知道了，故事里的我可爱极了，您还应该好好留意其中的家具……哎，我太高兴了。"

不出所料，那晚我失眠了，即使塞尔维亚本地的强效安眠药也不起作用。我把手稿放在枕头下。买了新裙子、新衣裳和新鞋子之后，我也会这么做，我会把它们放在床尾，这样早晨一睁眼就能看到它们。

"看吧，"我想，"丈夫不过是用自己的钱买一件外套，你便大惊小怪，现在，你自己也把这篇故事和琐碎的商品相提并论啦。你第一本书的版税不也被挥霍掉，买了一双鞋吗！？别再提你的双重标准了。"

"等等，别急着下结论。"我听见心里有一个邪恶的声音笑着嘀咕，"把你的故事算作所谓的系列故事的一部分，又该怎么解释？！去他的系列故事！萨瓦河畔的坡地是我的，故事是我的，全都属于我……"

"现在，你该静下心想想。"那个声音如此卑鄙，却不失客观，它近乎尖叫道，"他写了一部关于你的小说，关于你和他的爱情故事，但现在他又开始构思其他的故事了,脑子里想的是其他的屋子,其他的女主角……"

我并不嫉妒。真的不嫉妒。但我确实羡慕我丈夫作品中的女主角。她们是他想象出来的爱人,衣着华贵,有权有势,充满魔力,是一群骄傲的公主。这样的公主不止一位……直到现在,我才突然顿悟,丈夫爱的不是我,也不是他故事、小说以及戏剧中的女主角。

"他爱他的作品,这些作品才是他唯一的真爱。其次,是他自己!接受这悲伤的事实吧。"

"你呢?"我身体里那个卑鄙的声音叫嚣道,"可你爱的不也是自己吗?想想你为什么要定制这个故事,为什么故事里要有房子,为什么你要是房子的主人?还有,你为什么需要一份文学遗产?"

真相折磨得我精疲力竭。黄昏时,我安慰自己明天再为这些问题烦恼吧,这才昏昏沉沉地睡着了。

第二天,我找到作者:

"我要向你宣布,我准备把我的故事送给你。你可以把它收进书里,算作系列故事中的一篇,随便你怎么出版,只是不要交给我们共同的出版社'德瑞塔'。一个故事拿两次稿酬,显然不合适,更何况这家公司给了我稿酬,而我用稿酬买下了你的故事。这么做不对……无论如何,出版社看轻我的故事,他们更愿意为你的故事给出更高的价格。即使在21世纪,男人和女人都可以写作,但在出售作品时,仍旧无法做到同工同酬。金钱背后的逻辑如此荒诞。"

"聊以自慰的是,"我继续说,"至少你写的以我为主角的故事要比我写的以你为主角的故事更贵。"

《白色的突尼斯塔形鸟笼》之后的命运颇为曲折。M.P.写作了一系列题为"来自萨瓦河畔坡地的故事"的小说,系列故事围绕我们散步时看见的那些屋子展开。这些故事后来由普拉多出版社出版,题为《恐怖爱情故事》。他因为这本书获得了安德里奇奖[①],他因此得到了物质上的鼓励。那时候,他就已经因为"我"的故事拿到了三笔报酬。第一笔是我给的,第二笔来自出版社,第三笔则是因为获奖!不久,我的丈夫 M.P. 又为萨瓦河畔写了一系列故事,这些故事后来以短篇小说集的形式出版,题为《七宗罪》。这本书加印了好几次,被翻译成多国语言,我的《白色的突尼斯塔形鸟笼》则被淹没在系列故事和选集的标题

[①] 安德里奇奖,塞尔维亚专门的短篇小说奖,参评对象为塞尔维亚近年来出版的短故事及短篇小说。

背后。

另外，M.P. 果真用我给他的报酬买了一件外套。那是件高档时装，他到现在还在穿。

据我所知，没有人再找他定制任何故事。我也再没有。

但有人找我定制故事。我在开篇时提到的那位朋友，她曾经找到我，希望我为她写一篇故事。她说："你知道吗，我也想加入你们的文学游戏。艺术家不该太小气。我需要你为我写一则故事，这则故事里我得是主角。住什么房子不重要，只要我是其中的女性角色就可以了……"

"你也知道，女作家的收入偏低。"她继续说，"所以我没法付钱给你，我们不妨以物换物。我把瓦尔瑟拉区的酒窖和我的旧自行车给你！别笑！我没和你开玩笑。我只拿得出这么多了。但文学意义上的回报却是无价的，文学的永恒远高于物质带来的满足，相信我。"

我没有为她写故事，但我将这篇故事献给她。

男人的故事：白色的突尼斯塔形鸟笼

米洛拉德·帕维奇

献给雅丝米娜·米哈伊洛维奇

人的思想犹如房间。有的是富丽堂皇的大厅，有的是角落里的阁楼。有的阳光充足，有的暗无天日。有的可以眺望河景与天空，有的只开了一眼天窗，有的甚至是没有窗户的地下暗室。词语犹如摆在房间里的物件，可以从一个房间搬到另一个房间。我们的思想，那些身体里的房间，无论形如城堡还是陋室，事实上，都属于其他人，而你不过是其中的房客。有时候，多是夜里，我们能穿过被锁紧的通道，前往其他的房间，流连其中。我们仿佛困在地下城邦，直到梦境降临，才得以脱身。但梦就像那些婚礼上的宾客，难免被照顾不周。类似的，还有失眠。失眠分为两种，她们就像姐妹。一位在睡前翩然而至，一位在午夜姗姗来迟。前者孕育谎言，后者暗藏真相。

因为独自生活，我的失眠越来越严重，但对抗失眠的法子我早已谙熟。我只需躺在床上，动一动脑，就可以战胜失眠。我是一名室内设计师，之所以想到这个办法，也与我的职业有关。首先，我需要一处合适的屋子。地板下一定要铺着燕麦秆，防止地下的阴气弥漫到屋里。选定了房子后，我便开始在头脑里想象屋内的摆设。每天夜里，我都会想出一套全新的方案。我在屋子里安置了各种各样的物件，每一件都由我亲自操持。我之所以事无巨细、费尽心机，不单是为了美观，更是为了一个特别的人。为了 J.M.。只要能让她满意，我愿赴汤蹈火。

故事就是这样开始。

某天下午，我们一同外出散步。途中，我看中了一幢房子，我想方设法打听清楚了它的来历。这幢配有遮雨遮阳棚的房子伫立在卡尔加维卡马尔卡街的一头，这条街位于萨瓦港和泽列内凡纳克街之间。屋子的正面有许多漂亮的窗户,窗户被十字形的窗框划分成四部分,这类窗框现在已经停产。这幢屋子被称为"卢卡·切洛维奇之屋"。它建于1903年,工程师米洛什·萨维西克设计了这幢结合了新巴洛克元素的新文艺复兴风格建筑。书上说,这是一幢半住宅半商业的长方形建筑,包括地下室、底层,地上两层和阁楼。底层对街的那面墙上有一面巨大的窗户,透过一楼的玻璃则可以看见商铺和建筑门窗上方巨大的装饰墙面,整栋楼显得气势非凡。房子的顶部是支撑檐面,还有一处砖头砌成的阁楼,阁楼顶上有一扇经典式样的天窗……入口大门处有一面盾形徽章,上面印着花体的"L.Ć.T.";旁边还有一张铭牌,写明这幢房子捐给了贝尔格莱德大学。这幢屋子的主人卢卡·切洛维奇(1854—1929)是贝尔格莱德当地一位颇有声望的商人。在很长时间里,他担任贝尔格莱德商会的主席,主席办公室就在隔壁楼,从那儿可以望见广场上的美景,那里曾是著名的"小集市"。附近还有他的半身铜像,位于卡拉多尔德瓦街上某幢宅邸的一角。这条街一路往西南方向延伸,通往特雷比涅市;1872年,卢卡正是从那儿启程来到贝尔格莱德,他买下这块土地,在码头附近建造了一座派头十足的大楼。他是塞尔维亚当地保加利亚非正规军与南斯拉夫祖国军联盟①的主要发起人之一,还是贝尔格莱德码头市场的主人、若干科学机构的赞助人。人们说,他只需挥一挥羽毛笔,账目便一清二楚。

失眠的夜里,我决定不再清点活到现在到底买了多少双中看不中用的鞋子,而是想象自己住进卢卡·切洛维奇之屋后该如何装修。我知道 J.M. 喜欢这幢房子,这是我选择它的关键所在。J.M. 能敏感地感觉到不同"领地"传递的能量,尤其是那些积极的能量。她认为东正教教堂和萨瓦河之间的街道是一片特殊的"领地"。那是萨瓦河畔的坡地,那儿在冬天也会散发出秋天的气息,犹如冬天里的春天。J.M. 觉得,她踏进这片"领地"后,便听见有人唤她,听见了那个真正属于自己的名字。她带着这个名字离开,她有了新的名字,成为新的自己。卢卡·切洛维奇之屋位于这片"领地",正是在这幢屋子里,她开始了新生活。

我一边走进这幢意念中的屋子,一边像念诵咒语般将 J.M. 的名字拆成十七个字母,为屋子里的十七个房间编号。

---

① 南斯拉夫祖国军(JVUO),是第二次世界大战期间南斯拉夫地区活动的抗德游击部队。

和 J.M 相处的日子里，我每天都在观察她。每一天，我都会留意她纤瘦的胳膊与手掌的动作，她走路的样子，她梳头发的样子，她挺直的脖颈，她美丽的肩膀和大腿，她落座时起伏的胸脯，她转身的姿势，她坐在扶手椅里或者奔跑时蜷起的双腿，甚至她赶在其他人听到运输炸弹的飞机的轰鸣声之前，早早地做好准备，抱住脑袋的样子……我编了一本小小的《J.M. 动作辞典》。每一个动作，我都做了标注。不过，标注她那些即兴的舞步尤其困难。她总是一个人独舞，从不邀请我做她的舞伴，那些舞步是她最美丽的创造。

于是，我的辞典里出现了一系列特别的符号，这些符号让人联想到上世纪初俄罗斯芭蕾舞专家尼金斯基等人在给芭蕾动作打分时使用的符号。我将这些符号也编进了辞典，方便查询页码。这是一整套动作类型表，就像一套秘密的字母表。它让我想到那些成人电脑游戏里可以控制角色，让他们做出跳跃、转身、奔跑甚至游泳之类动作的按键；J.M. 和我把它称为"无字的小说"。为了配合这些动作，我定制了各种各样的家具，J.M. 会用肢体语言与每一样家具对话——推开门，拉开抽屉，放低书桌的写字板。我还为房间挑选摆设,好让 J.M. 可以在其中自如地舒展动作,一切都与对她的天性相符,至少在我的脑海中,她的每一个动作、每一个神态都栩栩如生,她进门的神态,爬楼梯的样子,从出口离开的背影……

我不打算在深夜装修工程中改变屋子的外墙。但我打算重新粉刷,刷上贝尔梅特牌餐后酒特有的白,还有意大利产起泡酒特有的蓝。第二次在失眠之夜造访卢卡·切洛维奇之屋时,我研究了室内的布局,决定改变楼梯的结构。我还记得她走在维也纳奥尔斯佩格宫里巴洛克风格的双阶楼梯上的曼妙身姿,记得她想把手放在奢华的金属栏杆上却又收回的样子,记得她在最后一级台阶的弧形边缘处回转身的模样。紧接着,我又想起邻近的贝尔格莱德集团大楼里也有一处双阶楼梯,便在卢卡·切洛维奇之屋里也设计了一处同样的楼梯。某天夜里,我在脑海里清除了入口两边的两处商铺,这样双阶楼梯就有足够的空间直抵二楼中庭窗户附近,爬起来更为轻松。新的楼梯使用石材,围栏则是锻铁做的;扶手和我们在维也纳见到的楼梯不太一样,是由胡桃木做成的,这样手放在上面就不会感到寒冷。我躺在床上,头脑里卢卡·切洛维奇之屋里的新台阶格外生动。我屏息凝神,担心稍一分神,台阶便会消失。

我给拆毁的商铺仅剩的窗户装上了彩绘玻璃,玻璃上描绘着 J.M. 曾向我提到的两个梦。位于入口左边的窗玻璃上描绘着 J.M. 关于云朵的梦:

"云层厚得像苔藓,一动不动,遮住了天空。"

"绿得像发了霉!"旁边的人说道。野餐的人们有的仰卧在草地上,有的四仰八叉地躺在帐篷里盯着停在高高的树尖上的云朵。城市里,苔藓般的云层就像壳一般罩住了地面,摩天大楼的尖顶也淹没在云层中。有时,这些看起来就像池塘里的苔藓般死气沉沉的云层会裂出缝隙,拱起来,缝隙下的那片土地便开始颤抖,人们不禁头晕目眩。飞机不再起飞……

等到下一个不眠之夜,我又重新设计了卢卡·切洛维奇之屋背街的客房、两间分别供夏半年和冬半年使用的厨房和一大一小两间浴室。我把有三扇窗户的阁楼改造成阳光房。J.M. 可以在里面吃早餐、抽烟,每扇窗户的颜色都不一样。

完成最初的工作后，我开始着手室内的装潢。尽管一切都发生在床上，在夜里，在我的头脑里，但从专业的角度看，这些装修既规范又实用。我从工匠鲁尼处定制了门把手和门锁，他的店铺在卡莱梅格丹附近。现实生活里，我在装修屋子时，便会找他定制金属配件。但这次的订单很特别。每个把手都需要是独一无二的，原因很简单：J.M.修长的手指会做出各式各样的动作，不同的动作需要不同的把手配合。门把手一送到，我便把它们装好，心满意足地打量起来。有一只把手是小鸟形状的，J.M.可以在推开二楼舞厅大门时，用手抚摸它；接着，她会摸到第二只把手，把手是弧形的；第三只把手则是中国扇子的形状。有的把手镶嵌着玻璃苹果和大理石珠子，有些把手是山羊角做的。值得一提的是J.M.卧室门上的冷杉木把手，它始终散发着落雪的森林的香气。屋子大门的把手则是按照18世纪的小号女用左轮手枪的形状制成的。扣动扳机位置，门就会打开。将J.M.推门的动作连在一起，就是她伴着她最爱的曲子《怀念》起舞的样子，足足五十拍的舞步……

当然，我也会在白天光顾真正的卢卡·切洛维奇之屋。屋子已经荒废，比我想象中要陈旧得多。一楼四间商铺的玻璃蒙着灰尘。衣着褴褛的老人坐在门口，抽着烟斗，烟嘴喷出山羊角特有的潮气；老人的耳郭还挂着剃须泡沫。

一切太让人扫兴了。

唯有夜幕低垂，我才重拾热情，一点一点地装饰屋子。我找铁艺匠人卢尼定制了五十瓣嘴唇，有点缀着胡须的男人的嘴唇，也有涂着唇膏的女人的嘴唇；我把这些金属嘴唇嵌在了房间的墙壁里代替烟灰缸。J.M.在某个房间抽烟时，与大楼里的真空排气管相连的嘴唇便会把烟雾连同那些原本四处散落的烟头一齐猛地吸走。我拆掉了屋子二楼的几堵墙，辟出一间"音乐室"；更确切地说，是一间舞蹈室，舞蹈室里有三扇窗户，透过每一扇窗都能看见曾建有"小集市"的广场。J.M.可以在这里伴着马瑟西娜紧凑的节拍释放狂野的舞者之魂。最后，我铺了一层复合地板，地板的布局很像J.M.念念不忘的沙特尔主教座堂里的迷宫。

我在二楼设计了一间正对庭院的大浴室。那只大麻杆形状的把手后面是一间宽敞到几乎显得空旷的长方形房间。点亮灯光后的天花板仿佛一片多云的天空。房间里铺着紫色和淡青色瓷砖，人一走进去就能看见最里面的玻璃床,床上摆着一只用防水材料做的红枕头。只需按一下按钮就可以调整浴室花洒的水量和喷洒的角度。有了它们,J.M.躺在玻璃床上就能沐浴温暖的雨水,又或者在暴雨般的花洒下,伴着那首《哈扎尔之路》翩翩起舞。我还记得她转身时肩膀的动作,那动作像是从法老墓里的刻画人类侧身形象的古代壁画里学来的。浴室的窗户是一处一人高的半开放的水晶管道,置身其中,就像站在街边的立柱里。J.M.小儿子的照片放大了数倍,印在半透明的玻璃上。男孩站在那儿,正在用吸管喝可乐。

我在一楼设计了J.M.的书房。柳木座椅被系在一根从天而降的链条上,链条的另一头固定在天花板上;座椅上铺着舒适的椅垫,配有脚踏板和手环,这样椅子一旦摇起来,J.M.不至于手忙脚乱,她在电脑前工作时,也能放松脖颈和后背。整面墙都是她的电脑屏幕。她可以看见真人大小的劳拉·克劳馥——这是J.M.最喜欢的女英雄,是她的另一重人格。我还在坐垫里藏了一份礼物,是一本电子书,里面存着我下载好的J.M.的作品和她喜欢的书,体量堪比一座小型图书馆。我在墙上挂了一只衬着绒布的陈列柜,柜子里陈列着J.M.学生时代使用的钢笔。

大厨房朝东,夏天会有鸟儿的影子掠过,冬天会有雪花的影子落在地板上。阳光透过假窗上印着康沃尔地图和埃及地图的玻璃射进来,康沃尔和埃及是J.M.最喜欢的地方。灶台上有一只水壶,水壶后的那面墙上挂着粗布底子的刺绣画,画里有两位美丽的乡下女孩。粗布上用红线绣着两行字:

"吃吧,我的姐妹,趁卷心菜还是热的!"
"我来之前吃过奶酪,现在不饿!"

房间的角落里有一张带扶手的椅子,我在椅子边放了一只白色的突尼斯塔形鸟笼。一只名为康斯坦丁的条纹猫正在笼子里打瞌睡,康斯坦丁和J.M.在希腊一见钟情的某只猫很像,她坚信康斯坦丁原本不会做梦,可现在正代替我做梦。J.M.做一顿饭的时间,甚至都来不及听第二遍《九十年代》[①]。其他人如果按J.M.的菜谱烧菜,大约需要一个半小时。她总是开玩笑说,这些年来,她成长得如此迅速,所以不出几年,她的年龄就会比我的还大。但我的年龄都够做她的父亲了。事实上,对于烹

---

① 南斯拉夫歌手Đorđe Balašević的专辑"Devedesete"里的同名歌曲。

饪之类的事，她怀有执念；她固执地认为做饭的时间绝不能超过吃饭的时间。

小浴室里摆着极可意牌①三角形水流按摩浴缸和一只小巧的玻璃茶几，茶几上摆着一只水晶杯和一瓶拉马佐蒂·阿马罗酒。J.M.坐在浴缸里，只需像躺在床上那般把胳膊伸得长长的，就能摸到它们。在小浴室的正中央有一只中世纪的女用马桶。你把马桶盖揭开，就能看见马桶座和座位上的象牙色马桶圈。马桶圈下是一只中空的直通地下的方形大理石，污水便从这儿流下去……

J.M.的卧室在二楼，就在大浴室隔壁。我在卧室里设计了一面小巧的步入式衣柜。要知道，无论男式衣帽，还是女式衣帽，穿在J.M.身上，都很合宜。至于她的鞋子，无论穿了多少年，看起来仍像是新的。我把我俩的衣裳都挂进了她的衣柜。可没过一会儿，我的工作便陷入了僵局……

我在两扇窗户之间放了一只蓝沙发，挂了一面古怪的边角上有一只圆窟窿的镜子。接着，失眠的我便无法专心装修J.M.的卧室了。我早就料到会这样。

---

① 极可意（Jcazzi），意大利和美国合资的浴缸品牌。

我在脑海中装修着这幢房子,不只为了克服失眠症。更重要的是,我渴望召回 J.M.,渴望她重新出现在我的生命里。但我只能在脑海中不断演绎着她从走进屋子到入睡时的种种动作,重复这些无意义的蠢事。屋子里的物什让我不禁在脑中、在心里放电影般回忆着她的动作。她很敏捷,比我认识的任何人都敏捷。她总能像一支离弦之箭般赶在其他人之前,看准、出手、一语中的。我想,敏捷如她,应该能感觉到自己已经在我的头脑中奔波久时,很快,她就会回应我。或许,现实中的她会走进这幢靠近"小集市"的屋子,走进我在失眠的夜里用她的脚步与舞步装点的屋子。

*

清晨,白昼灰色的光线降临,所有期待也随之烟消云散,取而代之的是划过天空的脏鸟和连绵的云层。正是在这样的清晨,一位甲方委托人在我的办公室留了一条消息,让我回他电话。我没有立即联系他,几天后,他又打来了电话,他自报家门,邀我参与一个公寓楼的项目设计。他熟悉我为贝尔格莱德的几幢屋子做的室内设计,算是慕名而来。我答应下来。他给了我地址，那一刻，我差点昏过去——要改造的屋子就在卡拉多尔德瓦街。

"你大概记得那幢楼，"那声音补充道，"著名的'卢卡·切洛维奇之家'。室内装修没有完成，委托人拜托我找到你……"

到了与委托人约定的见面的日子，我甚至无须做任何特别的准备，便气喘吁吁冲向那儿。远远地，我就发现了卢卡·切洛维奇之家的变化，它的外墙刷成了贝尔梅特牌餐后酒特有的白和意大利产起泡酒特有的蓝。入口两边的商铺装上了新的彩色玻璃。左边的窗户变成了一幅有着古怪云朵的风景画，云朵就画在玻璃上，它们厚得像苔藓，绿油油的，一动不动，遮住了天空。画中的人们有的仰躺在草坪上，有的四仰八叉地躺在帐篷里，看着停在高高的树尖上的云朵。

我感到震惊，伸手把住了形似18世纪女式左轮手枪的门把手，扣动扳机。锁头咔嗒一响，大门向我敞开。巴洛克风格的双阶楼梯映入眼帘，一股山羊角特有的潮气袭来。稍稍让我意外的是，迎面走来一位头戴打着补丁的帽子、抽着烟斗的老人，看样子是看门人。我不顾他的大声叫喊，径直扶着胡桃木扶手，上气不接下气地冲到了楼上。我跑过了 J.M. 的书房，

带坐垫的秋千还在摇晃;我跑过了厨房,吓到了那只名为康斯坦丁的猫。我一边颤抖一边自言自语:

"不可能,这不可能……"

接着,我的身体被花洒喷出的水淋湿。我抄了近道,从大浴室直接冲进卧室,大浴室里花洒还在喷水,似乎有人刚刚洗过澡。我浑身湿透地站在卧室门口,看着失眠的夜晚我唯一一处没能装修的房间。看吧,在现实中,它也没有装修。只在两扇窗户之间,正对门的地方,有一张蓝色沙发。

J.M.正盘腿坐在沙发上。她留着黑黑的刘海,后脑勺乱蓬蓬的,戴着香烟形状的金色耳环。她笑起来稍显苍老。和过去一样,我能感觉到她被黑裙和微微闪光的丝袜包裹的紧实的身体。我能感觉这一动不动的女性躯体里的骚动。我有些手足无措,停下了脚步,对她说:

"告诉我这不是真的!"

"我不懂什么是真,什么是假。我只知道,你湿透了!"

"好吧,到底发生了什么?"

J.M.笑了。

"你想搞清楚眼前的一切,对吗?你和我重逢了,仅此而已,需要解释吗?爱需要解释吗?如果你一定要知道,好吧,告诉你。这不过是个骗局。从门把手到玻璃天花板,现实生活中不存在装修成这样的房子。这些不过是接近真实的虚空,是稍纵即逝的永恒。"

"那你呢?"我用颤抖的声音问。

"我,毫无疑问,也是不存在的。"

"我不相信。"我说着,向前一步。女人的气味包围了我,我就像品味女人的思想般轻嗅着这独特的女人香。我闻到了清新的发香,但她仍旧一动不动。

她说道:

"你信还是不信,我根本都不在乎,因为你也不存在。"

"我也不存在?"

"你也不存在。这不过现实中的 J.M. 下载到电脑里的游戏。"

科托尔文具匣

写作魔匣

米洛拉德·帕维奇

我是魔匣现在的主人,在20世纪的最后一年,我花了一千马克从一位布德瓦的侍者手里买下了它。我还记得侍者给我端上酒店晚间特供的干羊肉时,脸上浮现出一抹神秘的微笑。

"先生,有兴趣买一只特别的匣子吗?船长的盒子。是写作必备的工具,也可以用来放地图、望远镜之类的东西。"那天是星期二,侍者一边为我服务,一边压低声音说。

"给我瞧瞧!"

"明天早餐时,我会把它带来。送到酒店房间里。"

"现在就拿来。"我说,琢磨着这家伙太嫩了,姜还是老的辣,我可没时间磨蹭。

文具匣比我想象的大;我很喜欢,如获至宝。

这匣子曾经属于来自多布罗特的达比诺维克家族,某位船长用它来保存旅途中的航海日志;后来它被带进了科托尔的皇宫,用来保存一些年代不那么久远的东西。最后,在我们生活的年代,它又回到了海上,侍者不无遗憾地告诉我们,它的主人再也没有回来。

"但我对这件事没什么兴趣。"侍者补充道,"因为你一旦发现了其中的秘密,也就成为秘密的一部分。我不喜欢管闲事!人们对这盒子的主人几乎一无所知。他不喜欢说话,没有体味,甚至没有汗臭……他去了海上,再也没回来。这也是为什么我要卖掉这只匣子……"

匣子是用泛红的桃花心木做成的,包着黄铜。它裸重4千克,照侍者的说法,差不多和小狗一样重;大概长51公分,宽27公分,高17.5公分。这些数据都不精确,因为在它的制造年份和产地,用的是其他计量单位——比如寸或者尺。

"现在,你如果非要精确到一个头发丝的程度。"侍者说,"我只能告诉你,这个以厘米计的东西,曾用衡量灵魂或者爱的单位测算过……"

匣子的两侧是金属板，各有一只圆环。尽管两只圆环很相像，但用途不一。右边（从正对锁的角度看）的圆环可以取下来，匣子就可以单手拎起来，变成一只小箱子。盒子锁上的时候，左边的圆环是拉不动的。盒子一旦开了锁，拉一拉圆环就能从侧面拽出一只向外开的抽屉。

掀开盖子，可以看见文具匣里分为三层，就像一幢三层小楼。包括十五个空档、夹层和小盒子，其中五个是暗格。这些小机关分布在匣子的上、中、下三层。破解文具匣的重重机关，会发现最里面是一只音乐盒。一定会有人对这只文具匣爱不释手。

*

匣子有六把锁。一把锁是从外面锁上的，它在匣子的正面，合上盖子就能看到。这把锁出自 LH.M.GR Patent Thompson 之手。匣子的主人会把这把锁的小钥匙随身带着。如果有人鼓起勇气舔一舔锁孔，就会发现它是咸的。种种迹象表明，这只匣子曾经在海水里浸泡过，但海水显然没有渗进去，盒子也没有沉下去。这一点也不意外,船长用的匣子有专门的防水设计。匣子里面还有几把锁,用途不一,有的仅仅只是做成锁的样子。

我尝试解开匣子的每一处秘密机关,但随之而来的痛苦多过快乐。我必须打开上述的每一把锁。最遭罪的当属鼻子,木盒子里的格子多数密封太久,散发异味。除了我之前提到的十五个格子,匣子里还有我没能打开的暗格,这些未知领域就交给它未来的主人去探索吧……

文具匣落到船长手里时,不是空的。匣子里装着一些不太值钱的东西,有的属于它的第一任主人,他生活在 19 世纪,但这些东西显然又流转到其他人手中。到了 20 世纪末,这只盒子便被带到了海上。

我抚摸着文具匣,清点出一些物件,渐渐对匣子和其中的物件有了初步认识:

文具匣的盖子可以斜着支起来,把盖子翻到底,盒盖和盒子内面就拼成了一张写字板,盒盖和盒子内面都被布包裹着。整个平面是匣子的两倍长(大概 54 厘米)。

文具匣的盖子上有一块太阳形状的椭圆形金属牌,上面刻着德国哥特体的 1952 年和大写的 T.A.R.。

写字板褪色的布面上有朗姆酒渍、红墨水和一行字。那行字是意大利语，意思是：

> "如果欧洲病了，请先为巴尔干岛寻找灵丹妙药。"

如果有人抬起写字板，会发现下面闻起来就像变质的肉桂。显然，在制作文具匣子的工匠的构想中，盒盖下应该放着地图或其他用来测定船只方位的东西。但如今这隔层却用来储藏抽烟时散落的胶粉和48张用蓝缎带绑好的明信片。明信片的收件人是同一个人，一位名叫亨丽特·多维尔的小姐，她住在法国佩鲁日城，可惜她没能收到这些明信片。绝大部分明信片没有邮戳，显然没有寄出，这些明信片印着同一张照片，巴黎的新凯旋门。只有一张明信片是例外，这张明信片放在最下面，印有一匹威尼斯的马。明信片上的文字都是法语，漂亮的笔迹显然出自同一位女性，字迹向着起笔的方向略微倾斜，字母"I"全部都用一个小十字替代。最下面一层放着鸭毛做的牙签和科托尔海湾地区富有特色的蕾丝手套，手套的里子被翻到了外面，散发着塞浦路斯玫瑰油的味道。

*

买下匣子后,我曾偶遇过那位卖家。那是某年冬天,在科托尔。当时,南风乍起,黄昏似乎比夜晚还要漫长;因为下雨,晚饭后,人无处可去。我坐在大厅入口处,耳边突然传来音乐。有人在放磁带,歌里在唱着:"In the silent shirt of tomorrow's movements..."我想起文具匣里曾经飘出同样的旋律。我不禁起身,向半圆形的吧台走去。我又看见了曾在布德瓦遇见的侍者。他的脸泛着银光,没有一丝表情。他现在在这儿工作。

"早上好,斯塔维拉,你还记得吗?能帮我调一杯希腊人最爱的兑过水的混合葡萄酒吗?不过你倒酒的时候得小心点,我不喜欢酒杯里有气泡!"

斯塔维拉似乎很喜欢我的笑话,他说:

"晚上好,M 先生。大驾光临!什么风把你吹来了?今晚真是太阳从西边出来了……你今天可要不醉不归了。"

不一会儿,侍者就把一瓶兑了水的白葡萄酒放在了吧台上。

"能向你打听点事吗,斯塔维拉?"

"说吧。要知道上帝从燃烧的荆棘丛里和我们说话时[①],我们都没有答应。"

"告诉我,你是从哪里搞到那只文具匣的,就是你卖给我的那个。"

斯塔维拉脸上露出充满男子气概的笑容,这笑容有些僵硬。我想,一些男人和一些女人的笑容可以维持很久,历经百年都不会黯淡。侍者脸上的笑容仿佛就已经持续了数百年。

"我现在准备出手另一样东西。"他想了想说,"一个长生不老的秘方。你不必立刻付我现金。"

"你是说长生不老吗,斯塔维拉?"

"我们的灵魂静默,身体却疯长。请你每晚都打开窗,站在窗边,重复如下的动作,重复十次,就能将魔鬼驱走。事情不难,但你需要掌握诀窍。用你的鼻子吸气,用力吸到底,每想起一条戒律就深吸一口气,最后再将沉在身体里、沉在腹腔底部的浊气从嘴巴里呼出来,直到一股异乎寻常的恶臭从嘴巴喷出。那是恶魔的气味,这气味意味着恶魔正在离开,上帝

---

① 《圣经》中的故事,上帝曾在荆棘丛内和摩西对话。

的戒律散发的芳香会彻底取代了这股恶臭。每天晚上，你只需这样吐纳十次，直到恶魔的臭味消散，你便能多活十年……"

"谢谢你，斯塔维拉，可我问的是你从哪儿搞到那只匣子。"

"好吧，先生，世上的人们只知道在何处播种，不知道在何处收获。但是，万能的主啊，这位先生所思所想远非如此。"

"你知道我在想什么？"

"我怎会猜不到您的小心思！这是我的工作，给客人们倒酒，了解他们的需求。"

"好吧，告诉我，我现在想什么，斯塔维拉！"

"这位绅士在想，我根本不会做希腊人最爱的兑水的混合葡萄酒。难道不是吗？说实话，我猜得没错吧？"

"是的。斯塔维拉，我的确这么认为。你根本不会。可这不重要。言归正传，告诉我，你知道匣子主人是谁吗？你和他是什么关系？"

斯塔维拉鲜红的嘴唇突然浮现出妩媚而阴柔的微笑。这笑容比刚才那充满男子气概的笑容更为苍老。不一会儿，他的笑容又猛地一变，露出了全部的牙齿，

更加瘆人。他说道:

"我没有一个亲人。战争带走了一切,M先生。时代变了,末日来临,人世间充斥着邪恶、卑劣之徒。"

"你认识它的主人?"

"如果我说不认识,M先生,你会信吗?我在波斯尼亚的时候恨不得杀了他,怎么会不认识他?尽管我没有动他一根汗毛。"

"你差点杀了他?"

"不能说我失手,M先生。我是在水下开枪,子弹之所以没有击中他,是因为水救了他。"

"但你拿到了匣子,你是怎么办到的?"

"在水里捞到的,M先生。我在水里捡了一条命,这也是为什么它到了我手里。我曾在一艘名为'伊西多尔'的希腊船上做酒保,这个匣子被他的主人带上了那艘船。他是我的同事,脾气古怪。他是那种会带一片面包去参加婚礼的家伙。他只关心三件事:吃,穿和睡。船靠岸时,他会套上一红一黑两只不成套的靴子去岸上豪赌,喝得烂醉。他能看见我们其他人都看不见的星星。我听见了他临终前的一句话,这句话令人费解。他说:'我看到坠落的天使,我们注定在劫难逃。'当时船已经坏了,他被什么东西击中了,紧接着,消失在海浪中,而我抓住了一样木头做的东西。直到我被海浪冲上岸,我才看清我抱住的是船长的匣子。很快,我意识到这是他的东西,谜团也随之解开……"

就在这时,斯塔维拉的笑容突然消失了。取而代之的,是一抹阴柔的微笑,那种如精致的银雕般的僵硬笑容,他继续说道:

"M先生,你现在应该觉得,是时候结账走人了。"

"是的,斯塔维拉。"

"好吧,你得明白,M先生,不是你给我钱,应该是我给你钱。"

"什么意思?"

"船长赢了,他才是大赢家。我把匣子卖给你的时候,你一定觉得我讹了你一笔。很抱歉,那个价钱的确高得有些离谱。实话说,你是这么想的,对吗?"

"是的,斯塔维拉,你的要价比我的底价高了些,这念头的确在我的脑中一闪而过。"

我一说完,斯塔维拉就从钱包里掏出五百马克,高举过酒杯,递给我。

"给你,M先生。这是我多拿的部分。就当我问你借的。欠你的,我已经还掉了,现在我们两清了……"

他看着我脸上惊讶的表情，补充道：

"你想让我告诉你，你在想什么吗，M先生？你在想，现在是你从我这儿赚了一笔。对吗？"

"是的，斯塔维拉，我正是这么想的。"

"这一次还是和上次一样，你估计错了。"

"这次怎么可能，斯塔维拉？"

"曾有一位带着孩子的女士来到科托尔打听那场海难。一个外国人，年纪轻轻，头发却已经灰白。我猜她来自法国。她完全听不懂我们的话；她也不会法语，只会发出嗯嗯啊啊的声音。一位翻译带着她找到我。她声称是梦里的鸟儿让她到这儿来的，为了那只匣子，她愿意出价五百马克。"

"你为什么不把匣子卖给她？"

"她并不是出钱买下它，而是出钱把那只匣子交给你。"

"她付钱是为了让你把匣子送给我？"

"是的，她说匣子的最后一任主人知道你。"

"好吧。你是怎么回答的呢，斯塔维拉？"

"我拿了钱，向她做出保证，可我已经没法把匣子交给你了。"

"为什么？"

"因为你已经拿到那个匣子了。我早已经把它卖给你了。现在我把那位女士的钱转交给你。"

"为什么你和她，相隔十万八千里的两个人，不约而同地选中了我做匣子的主人？"

"你竟然会不明白，M先生！我们都知道你在想什么，这就是我们选中你的原因。"

"那你说说我正在想什么，斯塔维拉？"

斯塔维拉的笑容越来越扭曲。这一秒还是年轻男人的笑容，接着又现出妇人般的微笑，最后定格在第三种看不出性别的笑容。他说：

"因为我知道，先生您一定会为这匣子写一则故事……"

藏钱币和戒指的暗格

雅丝米娜·米哈伊洛维奇

我喜欢神秘的屋子和屋子里的神秘事物,喜欢关于这类屋子和这类事物的故事。当然,不只是听,我还喜欢写。

在现实中,我也总能遇上这类奇事。当然,也可以说,是它们选中我了。

科托尔是获得上述两种体验的最佳地点,尽管我对这座小镇已经有些厌倦了。坦白说,这地方没法一直给我惊喜。大概是在1998年11月吧,我正准备前往M和我合著的小说《科托尔的两段传说》的诞生地,举办新书发布会。

"一定要带件毛皮外套。"临出发前,科托尔的朋友在电话那头叮嘱我。

"我也觉得毛皮大衣最好看。"我说,"想想红毯、闪光灯……"

"不,不是因为这个,是因为布拉的风!"

我曾在科托尔度过冬天、夏天和春天,唯独错过了秋天。我不知道秋天会有海上刮来的大风;我只知道潘诺尼亚地区的卡萨瓦有大片干旱的土地,那里的风干燥、猛烈,带着蛮荒的气息,孕育了游牧文明。

布拉的风无疑更加强悍!空气中仿佛有一千条水蛭,它们把触手插进你的每一根骨头里,触到你的骨髓,就连最细小的骨头也不放过。它们会把自己遇上的每一样东西都包裹得严严实实,再用空气打一个结,无论是人、石头、篝火、动物,还是树木。布拉的风甚至可以到达地中海!在这样湿冷的天气里,穿毛皮大衣实在不合宜,但至少可以给我一点心理安慰,告诉自己我正靠动物皮取暖,至少有双重保护:第一层是毛,第二层是皮。

真不知道该如何感谢嘱咐我带上皮草的朋友。

"为了这次新书发布会,我预备了两个意外惊喜。你要有心理准备!"我抵达科托尔后,她小声对我说。

"别告诉我你找到了我在故事里提到的科托尔

桌子！①"

"你简直走火入魔！当然不是这个……"

这时，第三个意外却翩然而至，可惜并非惊喜——而是我们预订的酒店。

我们在科托尔通常会入住一家名字古怪的家庭酒店——"瓦尔达尔"②酒店。虽然名字拗口，但酒店本身很舒服，它位于城中心，是一幢石结构建筑，看起来颇为雅致。但这次旅行，大概因为科托尔日的庆典活动，所有来客不得不入住位于海湾尽头、带着典型国营酒店特征的庞然大物——"峡湾"酒店。这名字很应景，至少和海有关，可惜看不到风景。被布拉十一月的风包裹着的大楼颇有些舍我其谁的气势，虽然里面只有寥寥数位形迹可疑的客人。它看起来就像一艘废弃的远洋客轮。我们被安排住进一间漏风的房间，强风从大大小小的孔隙里钻进来，墙内吹着小风，室外呼啸着大风，这房间简直就是一处避难所③。

"我们该如何熬过今晚？"

---

① 《科托尔的两段传说》包括我的小说《三张桌子》，小说讲述了一段关于寻找神秘桌子的侦探悬疑故事。——作者注
② 瓦尔达尔（Vardar），马其顿境内的河流。
③ 当然，我就不必指出热水器是不管用的，阳台的门也关不上，暖气只有一个档的调节功能。——作者注

谢天谢地,我想起了我的毛皮大衣。它既可以做披风,又可以做晚礼服。

接着,我想起朋友为我准备的惊喜,便来了精神,感觉温暖了许多。期待总是令人振奋。

新书发布会将在音乐学校的大礼堂举行,礼堂大厅很漂亮,我过去参与的商业活动也在类似的场所举行。漂亮的石膏,圆拱形装饰,精美的巴洛克式枝形吊灯……

"走吧,活动开始前先去看一眼,看看我为你准备的舞台……我还给你预备了更大的惊喜。"科托尔的老友故弄玄虚地说,她知道每次我都能带两份礼物离开这座小镇:一堆有趣的故事,一捆风干后可以用来调味的科托尔草药①。

她布置的舞台真的太令我印象深刻了。她给演讲人准备了两张小桌,分别铺着长绒毯和锦缎,帷幔用真正的常春藤交叉编织而成,舞台上还有插着七根蜡烛的烛台,沉甸甸的雕花扶手椅——气氛雅致极了。

---

① 我喜欢从美学角度欣赏过花朵之后,再从实用角度来将它们吃掉。在我第二次婚礼上,我也是用芸香的草药制作了手捧花,它闻起来富有神圣感,保存到现在还能闻到那气味。那束手捧花倒是没有被吃掉,我在婚礼上把它投掷给了我的妹妹。——作者注

没有闪亮的水钻，没有凌乱的布满灰尘的塑料花！

"开局不错。"我想，"尽管入夜之后，布拉的风更猛了。"

在科托尔，我从不觉得无聊。只需几个小时，在贝尔格莱德沾染的久居内地的无聊感就被博卡湾混合着海风和山风的空气带走。我感觉头脑清醒，近乎澄明、轻盈；一切井然有序，轻松无比。

"或许该让 M 从他的铁屋子里出来，透透气。"我一边想着，一边跟着朋友，见证第二份惊喜。

事实上，我的丈夫已经为那篇题为《三角形房间》的小说闭关数月。他似乎还没有找到合适的结构。小说创作的过程中，充斥着各种各样的挑战，但多数是结构方面的。我现在觉得，写作与其说是学术工作，不如说是复杂的炼金术。文学作品就像婴儿，是有生命的。他一次又一次把沉睡的小说从容器中倒出来，量体温，称体重……每一个步骤都小心翼翼。而小说就像未出生的婴儿般，光着身子，在电脑深处沉睡着。

"我们到了。这是我给你的第二个惊喜！"

我忍不住后退。我们正站在海事博物馆的大门口。

"你真的找到那张桌子了！"我笑出声来。

"不，不，要疯狂得多！"

一位女经理接待了我们。大概是专门为女人准备的惊喜；我猜不到，但满怀好奇，于是鼓起勇气，大胆想象着……

"亲爱的雅丝米娜，"女经理说，"科托尔镇决定给你一份特别的礼物，但要说明的是，就像童话故事里写的，这份珍贵的礼物只在今晚属于你。你可以从博物馆的藏品里挑选一款珠宝，戴着它去参加读书会。你可以佩戴整晚，明早送回来即可。"

"我们只能用这种方式表达独一无二的敬意。"她继续说，"我们希望用珠宝安慰您未能找到故事里的桌子的遗憾。我想……没有什么是不能用实物体现的，我是一位博物馆学家，我深知这一点。我和实物打交道，也能体会实物所承载的情感与精神。"

"签你的名字就能戴着珠宝离开。"她补充道。我磕磕巴巴地说着感谢的话，事实上，我彻底懵了。

当我从"签你的名字就能戴着珠宝离开"的惊喜中回过神来，便开始计算时间。我天生对数字敏感，打起女人才有的小算盘：距离读书会开始还有多久？还有多少时间可以用来挑选、试戴珠宝以及展柜里究竟有多少件珠宝？

当我意识到有珠宝摆了满满四个展柜后，几乎受到了惊吓。

"我的天，我想起在意大利的鞋店里的遭遇。"我慌乱地想着，"一开始，每一双都让我眼前一亮，可真要我挑一双买下来，却一双都看不上；最后，我只能回到贝尔格莱德，买了一双意大利产的鞋子。"

猜猜我在浏览了无数项链、胸针、戒指、别针、扣子、耳环、手镯之后选择了什么……一条男式串珠！

就是它了，这条串珠挂在脖子上便是一条项链，至少在夜里看不出破绽。它是不二之选：文学作品在某种程度上就是各种各样的变形。这条串着大颗金黄色珠子的 17 世纪男式串珠，戴在我的脖子上，便成了一条奢华的女士项链。

新书发布会很成功。我感觉自己完成了与这座城之间的契约，科托尔的惊喜彻底抵消了之前的遗憾。布拉的风渐渐停了下来，所有的采访也都已经结束，我们熬过了那晚，并没有冻死；第二天，我按时把串珠送了回去。之后我们有整整两天时间去城里散步，逛集市，欣赏科托尔日上演的大型庆典，围观博卡海军表演圆圈舞……

星期天,也是这次旅行的最后一天,刮起了南风。雨一直下,让人想起《百年孤独》中的场景,仿佛这雨再也不会停。空气中混杂着潮湿和病恹恹的气味,一种难以名状的恐慌逐渐在人群中、城镇里、陆地上、海上弥漫着。淡水凝成的雨滴原本要落在海面上,风却不断将它们刮进房间里。墙壁、床铺都是潮湿的,连水都有股怪味,人和物都散发着悲伤的气息。

"布拉吹来的男子气概十足的风可比娘娘腔的南风好受一百倍。"我想。

"只几天时间,我竟然就遇上了这么多风雨。"我不免自怨自艾,"为什么最后一天晚上,我还得待在这个令人绝望到只想自杀的地方?我把脑袋敲碎,也想不出继续留在这儿的理由。"

我知道,巨兽似的国营酒店马上就要供应晚餐,这无疑将成为压死骆驼的最后一根稻草。

我们走下楼梯。只剩我俩了。庆典、运动会、表演、传统民俗表演,都已经结束,人们已经离开。

"他们及时逃走了。"我嘀咕着,"赶在南风到来之前。"

只有一张桌子。我们的桌子。

一切看起来很不真实。空旷的餐厅,金属罩里一闪一闪的灯泡,用来接住博卡的风带来的雨水的破抹布;雨水从意想不到的地方渗下来:大理石柱子,曾经花了大价钱如今却破旧不堪的木质天花板,波尔金的乡村画……我们端坐在唯一的餐桌前,桌上摆着油腻的餐具和一只专门用来喝罐头汤的塑料甜点勺,和罐头汤一起端上来的还有水煮的碎土豆和焦煳的维也纳炸猪排[①]。

M坐在这间足有足球场大小的大厅里,冲着尽头的厨房大声喊出侦探小说和恐怖电影中的经典问题:

"有人在吗?"

一个骨瘦如柴、面目模糊的男人听到了声音,从厨房里懒洋洋地走了出来,一身油腻的便装倒是与这儿的餐具很配。他没穿侍者的制服,但推着餐车,餐车里几乎是空的。

"这个看不出身份的人是谁?"我问丈夫。

他耸了耸肩。

那人来到我们的餐桌边,在光线昏暗处搓了搓干瘪的手,他没有问我们需要什么,而是问道:

[①] 自然,维也纳炸猪排已经在腐败的油中烧焦了。为了避免疑问,我还是有必要对油做出说明。——作者注

"作家今晚如何?"

M倒是不假思索地应付着古怪的客套:

"只觉得饿!"

我的自尊心受到了伤害。陌生人看起来并不像读书人,但他竟然认出了……可不止男人能够成为作家!

"这就上菜!前汤、碎土豆和猪排已经准备好了,至于甜点——"他说着,露出神秘的微笑,"还要稍等片刻。"

他竟然从餐车的最底下一层端出已经结了一层皮的冷汤、水煮碎土豆和焦煳的猪排,我几乎受到了惊吓。随后,他便告辞了。

"这算什么,那家伙在搞什么鬼?"我问。

"别这么大惊小怪。你得适应这儿的南风。没别的法子!"M对我说,接着他对着猪排和钝刀吹起了口哨。

"你不想喝口汤吗?"我的心情稍微平复了些,"说起来,你猜甜点是著名的地中海苹果还是榛子蛋糕?你有没有发现,社会主义政权下的幼儿园提供的食物和这家著名的国营餐馆的菜单上的食物出奇一致!不过,我还是很好奇今天的甜点是什么。"

"他还没想好到底给我们干巴巴的小苹果还是榛子蛋糕!仅此而已。没什么好期待的。"

"我要吃榛子蛋糕!我已经想好了。"

过了很久,我们的"侍者"终于缓缓出现在我们面前;但这次,他既没有推餐车,也没有端上甜点,而是径直走到桌边,鼓起勇气说:

"我有一只藏着秘密机关的匣子,你想看看吗?它简直就是为你准备的。"

"在哪儿?"M迫不及待地问。

"唔,在厨房里。"

"去取来吧。给我们看看。"

"是先把甜点端上来,还是先把匣子端上来?"

"匣子。"M说。

"好的。我会把苹果和匣子一起送过来。"

我们在昏暗中目送他溜进光线忽明忽暗的厨房,我们能看见厨房一角,漏出的灯光让人联想到手术室。他果然推着餐车回来了。餐车的第一层放着他为我们准备的"大餐",一只硕大的玫瑰木嵌黄铜匣子;餐车的底层还有两只干瘪的苹果。

"侍者"把匣子端上了餐桌,鼓捣一阵,接着就像变魔术似的打开了盒盖。言语已经不足以描述它的精妙……它看起来就像一个精华版的科托尔城。外表朴素、大方，和普通的长方形匣子别无二致，内部却有着一系列挑战想象力的设置。只需拨动遮板、小门、卷帘、隔室、抽屉、暗室、隐蔽的暗扣，隔层就会改变大小和形状。新的机关层出不穷，对称的结构变得不对称，毫无规律可言。我被迷住了。匣子渐渐飘出一缕气味芬芳的烟尘……

"我名叫加罗夫，是附近山区的居民。这匣子曾经属于一位姓氏以 D 打头的老船长。我还有一只烛台，也可以给你看看……我知道，你是作家，或许会对这只匣子感兴趣。这里面还有一处设置了机关的隔层，隔层里有两个用来放钱币和戒指的暗格，我亲眼看到过，里面甚至还有一枚钱币……可我忘记怎么打开了。"加罗夫努力回忆着，"这原本是船上用来写东西、储存值钱东西的匣子，要是有人知道它的年代就好了……"

"这匣子很好看。"M 说，"但我们对它没有兴趣。"

一阵寂静。

"什么！？"加罗夫磕磕巴巴地说，"如果要把这只匣子托付给别人，除了你，我想不到其他人……你是作家……"

丈夫的回答让我惊讶,我身为作家的自尊再次受到了伤害,因为加罗夫说的是"你"而不是"你们"。至于我的丈夫,尽管说的是"我们",但根本没有询问我的意见。

"实话实说!我们对它没有兴趣。"M平静地说。

"那至少让我把烛台拿给你看看……"可怜的加罗夫近乎祈求。

"晚安!"

我几乎要哭出来。

可怜的加罗夫就像玩魔方似的将匣子还原,收好,便离开了。

桌上只剩两颗苹果。

我想不通他为什么这么做。我感到头脑发热,却还是保持静默,不发一言。老天,我想我是发烧了。难以置信!一只褪色的旧匣子,可以变成写字台,有专门装羽毛笔的木格,有盛墨水的小格子,还有无数秘密机关,多么智慧,多么富有想象力,多么完美的物件,一开一合间别有洞天!它的设计无懈可击,堪比金字塔。科托尔的匣子——一只魔匣!它从天而降,历经狂风暴雨,历经数次辗转,终于来到我们面前。可这一切终因一句"我们对它没有兴趣"而烟消云散。

这只匣子属于我们，属于作家，冥冥之中，是上帝的安排，我们本该顺应天意……这是博卡和科托尔给我们最后的"礼物"。我们却任由它从眼皮子底下溜走。

我们没有说话，拖着步子回到了房间，深入骨髓的疲倦和衰老突然降临……外面暴风雨呼啸着，尽管我们将椅子抵在破旧的阳台门前，但门还是被吹开了，窗帘就像水蛇翻卷着……床铺彻底湿透了，看起来就像一只湿漉漉的大螃蟹……

那晚，我们陷入了无休止的争吵中，既是作家与作家之间的争吵，也是妻子与丈夫之间的争吵。

她："你竟然说……那种话！"

他："这是个圈套！"

她："好吧，圈套！你难道没有发现我们之前也遇到这类事吗……"

他："不管过去发生了什么，我们都不能把它从博卡、从科托尔带走。别人可以，但我们不行……"

她："这就是你所谓对'历史'的尊重……他也会把它卖给其他人，其他人也会把它从科托尔带走。它冥冥之中属于我们，这是天意。它在等我们找到它，它就是'我'一直寻找的科托尔桌子的替代品，种种迹象表明，它属于我们。可上帝啊……为什么你不理解……"

他："好吧，你说的我都理解。我也理解你。但我考虑得更多，它不属于我们……"

她："你是个疯子！受虐狂！却又对我施虐，我受够你了！"

他："求你别，别这么说！"

那句"别这么说"仿佛从出口将永远关闭的迷宫里传来。

我们坐着，不再争吵。我开始抽泣，无法止住的眼泪比科托尔的雨水还要凶猛。我躺在湿漉漉的床上，眼泪再一次将床单打湿。

"我们可以把它买下来，捐给海事博物馆。它可以一直留在科托尔，我们偶尔可以回来看看它……"我抽噎着，不放弃最后一丝希望。

"那个匣子不是宠物，科托尔也不是动物园……"

"哎，不管怎样，都已经迟了。"我被眼泪呛住了，"明早可怜的加罗夫就不在了。我确定他那时候就下班了。结束了。我们永远地错过了……"

"可怜的不是加罗夫，是我们！你不该这么悲伤，至少我们亲眼见过这只匣子……"

我哭得更大声了。

"可我甚至没来得及好好看看它,我当时太激动了。加罗夫一定已经走了,他们一周的班次到周日就结束了,其他人会顶替他。你为什么都不问一下他的电话号码、地址或者姓氏之类的?"

"谁知道呢,说不定他还在。"

"你知道我在想什么吗?我想和你离婚!"

我彻夜未眠,挫败感让我陷入了怀疑和悲伤之中,我不停地哭,几近失控。半梦半醒之间,我开始寻找"我"在科托尔的桌子,那神秘的桌子就藏在一扇锁着的门背后,为了打开那扇门,我穿越了一重又一重镜子,最后却发现那扇废弃的门越来越小,最后变成了放金币和戒指的暗格,加罗夫打开匣子却再也看不到的暗格。那是匣子最后的秘密,最后的暗室,故事开始的地方……

"我永远不会知道那暗格的秘密了……我本可以把我的戒指全都好好收在里面。它会是我的科托尔首饰匣,我不在乎这匣子是设计给男人用的。航海匣子也好,船长的匣子也好——"我默默地安慰自己,"如果匣子也有性别,那么它的性别和功能,都取决于它的主人。放望远镜的地方可以放项链,放指南针的地方可以放我常用的手链，放海上地图和航海日记的地方可以放我记录航海生涯的日记。我还有一条男式串珠，这条串珠是我的项链，但我就像辛德瑞拉，这件签字便能拿走的首饰只在今晚属于我……离开的时候，我将孑然一身，没有首饰，也没有首饰匣，因为它们原本属于男人……"

"让我好好想想。"我继续想着，"它还是一个文具匣……打开盖子，便是一块倾斜的写字板，有专门放羽毛笔的托盘，有墨水盒……甚至还有一处用来放霰弹枪的夹层……这匣子的主人到底是谁，是我还是 M？是男人还是女人？我们都写过一段发生在科托尔的故事，我们不仅喜欢现实中的科托尔，也喜欢想象中的科托尔。唔，既然我们的书《科托尔的两段传说》既属于男人又属于女人，那么，这只匣子也可以既属于男人又属于女人。这是一只有着双重性别的盒子：他可以用它来放文具，她可以用它来放首饰。"想到这里，我如释重负。

"但你也是作家啊。"我听见身体里有一个声音嚷嚷着。

我有些困惑。直到现在，直到我写下这行文字，我仍不确定自己能否称得上是一名作家。我一直在为自己的身份挣扎。显然，更多时候是心理上的挣扎。当然，在婚姻里也是如此。我不承认自己是作家，但我的确在写作。我觉得自己从事的是一项可疑的事业。可我不会真的陷入怀疑的泥沼，那会影响我的写作。奋笔疾书时，我更清楚我是谁，我会将这份事业继续下去。面对类似的问题，我只能给出一个折中的答案：我是一位女作家，我写作；偶尔，我也戴首饰。

天亮了。太阳出来了。暴风雨结束——没有留下一丝阴霾。我望着窗外的博卡湾，我讨厌这迷人的风景，讨厌我自己，讨厌我丈夫，讨厌这类怪事总像病毒似的纠缠着我们，而世上却没有抵抗这类病毒的疫苗。

我们没有说话，自顾自地收拾东西，像萍水相逢共处一室的陌生人，随后下楼去餐厅吃早餐。

巨大的餐厅里仍旧只有一张收拾好的桌子，桌子上摆着两张盘子，这场景让我想起某个童话故事……可惜我想不起它的名字。

没有完全解冻的人造黄油，果酱和柠檬甘菊茶——还有加罗夫，他还在！他穿着昨晚的衣服，那身便装，脸上仍是那种不置可否的表情。

他一言不发地把茶食放在了桌上。我沉浸在与加罗夫重逢的惊喜中。更重要的是,我发现桌布上的绿色霉斑还在。那是匣子留下的痕迹,昨晚的事并非我的想象。

我的丈夫镇静得像一根黄瓜,没有露出一丝意外的神色,他说:

"昨晚,我和一位朋友通了电话。他收集古董,想买下那只匣子,但你必须把它送到贝尔格莱德,地址我会给你,最迟一个月送到。我们会先付定金,你把东西送到后,买家会把余款悉数付清。"

加罗夫也镇静得像一根黄瓜,没有露出一丝意外的神色,他说:

"我乐意效劳,但你想想,如果我收了你的定金,再把它卖给其他人,岂不是可以赚两倍的钱。"

我按捺不住心中的激动,磕磕巴巴地道出我最后的希望,我的心声:

"你不会耍诈的。我了解你们。黑山人会信守承诺!"

加罗夫的脸上浮现出银雕般的笑容:

"您说的没错。所以下周六早上六点,我会把匣子送到,把地址给我吧。"

M 仍旧镇静得像一根黄瓜,没有露出一丝意外的神色,付了定金,写下了我们的地址。

在机场,我忍不住问丈夫:

"如果黑山人没有信守承诺,我们该怎么办?我们生活在 20 世纪末。神话和史诗的时代已经一去不复返了。"

"别担心。那笔钱是我们为那只匣子,为科托尔献出的祭品。"

*

当天下午,我们抵达了贝尔格莱德。寒风刺骨,平原的风,布拉的风。

我们刚进家门,M 就坐在电脑前,开始写作。他疯子般奋笔疾书,没有一刻停顿。

深夜时分,我终于忍不住走到他身边,问道:

"你到底写什么,大气都不敢喘,好像脑袋上悬着把剑似的!"

"是《三角形房间》,我一直没能找到合适的房子,始终没能成形,直到我见到了那个匣子。我把那只写作魔匣转化成文字,写进故事里,这会是至关重要的一个章节,是关键……《三角形房间》见鬼去吧,我写的是《写作魔匣》。"

"你说'我写的是《写作魔匣》',不觉得拗口吗——有点蠢,此外,我无话可说。"

"我得快点,否则就会忘了。你也知道我们可能再也看不到它了,但它的结构实在很合适……你根本想象不到,它的结构和我的小说配合得天衣无缝!"

"所以你把你的小说打包,装进了我的首饰匣?"

"你也在里面!谁拦得住你呀?"他说着,转身看着荧幕上闪闪发光的虚拟手稿,钻进了故事中的虚拟魔匣,凭着本能和记忆继续创作。

我独自离开。我感到彻底的孤独,孑然一身。我和丈夫之间隔了几十亿光年。我想,我也应该写作,这样两个孤独的人或许能够在文字中相遇……

接下来的一周,我们满怀期待。整整一周,我们都在期待周六。

我们把魔匣的事告诉了武科。武科才十岁,我们讲述了事情的来龙去脉,告诉他一只有秘密暗格的魔匣,也讲述了它的秘密传说,于是可怜的小家伙开始数起日子,盼着周六。

到了周五,他说:

"或许我们今晚不该睡觉,我们该等加罗夫……

如果我们睡着了,错过了门铃,魔匣会不会就消失了?!"

我们的担心如此一致,但我告诉他:

"加罗夫就像圣诞老人。有时,他会准时到;有时,他会迟到一会儿。"

"但不管怎样,"我继续说,"找到了放金币和戒指的暗格的那个人,奖励是一块蛋糕!"

周六早上六点,匣子送到了,距离我们上次见它不到一周。就像变戏法似的,匣子在我们熟睡的时候悄然"降临",当我们醒来,它已在眼前。

我们因激动而颤抖。我们第一次在日光中欣赏着它,和在昏暗中见到的一样神奇。它充满了无法言说的神秘感,因而更添魅力。

我们把匣子打开,仔细检查,欣赏由小机关组成的匣子"建筑般"的匠心与巧思;我们甚至透过放大镜发现一只锁上用英语记录了匣子的身世。就这样,几个小时过去了,我们却没有破解最后的谜题——藏金币和戒指的秘密暗格的位置。它近在眼前,我们没找到打开它的机关。

作为一位称职的主妇,我开始用消毒水清理这只匣子。你永远不知道,那些名字复杂的海洋病毒会在哪里潜伏。

我几乎是一毫米一毫米地擦拭。突然,我摸到了一个小圆点,接着有东西弹了出来!一面秘密的小门敞开了,小门后是两个小小的暗格。暗格上装着微型的象牙把手。两个暗格,一个设计得像抽屉,另一个则插满用来储存大小不一的圆币的圆筒。武科拈起一只圆筒,在里面发现了一枚钱币……诞生于"18××"年,后面的两个数字已经磨花了。

"蛋糕是我的,大家都看到啦,蛋糕是我的!"我兴奋地喊道。

我们把两个暗格推回凹槽,关上了秘密的小门,接着……我们怎么也没法重新打开了。M和我摩挲着匣子,一寸一寸……一无所获。

"想想你刚才到底碰到哪儿啦!"两个男人冲我吼道。

"我不记得了,我不记得了!"我绝望得哭了,"我要把它重新擦一遍,我一定能再摸到……"

"把匣子给我——"武科突然决绝地嚷道,"我会把两个暗格一起打开!"

他开始用粗短的小指头笨拙地摩挲起来,好像这只匣子是电脑键盘、手机键盘之类的设备。毫无疑问,他做到了,还找到了其他的所有的秘密机关,这才是匣子的精髓。

"这只匣子是我的,蛋糕也是我的!"武科宣布。

*

魔匣到底属于谁?因为它,米洛拉德收获了小说《写作魔匣》,我收获了故事《藏钱币和戒指的暗格》,武科得到了一个奇妙的玩具。但更重要的是,小说和故事都属于科托尔。至于魔匣,它最终属于我们。就让这段话终结这个善意的玩笑吧。

哈扎尔海滨

2012 年 5 月,阿塞拜疆,巴库

阿扎里(Azeri),阿塞拜疆人的正式名称。阿塞拜疆有一片海,被阿塞拜疆人称作哈扎尔海。这片海也称里海——生活在世界上其他地方的人们正是这么称呼它。可一旦来到巴库,你必须入乡随俗——一切都打上"哈扎尔"的烙印——哈扎尔海,哈扎尔沙拉(配白鲸子酱),哈扎尔油……

我是塞尔维亚籍作家米洛拉德·帕维奇的妻子,我的丈夫创作了享誉世界、被译为至少 36 种语言的《哈扎尔辞典》。如今,身为遗孀,我无疑拥有两个故乡:塞尔维亚和哈扎尔。我在塞尔维亚出生,我的一生却寄托在哈扎尔。

受阿塞拜疆政府和优雅美丽的第一夫人、联合国教科文组织大使梅赫里班·阿利耶娃女士主持的基金

会之邀，我在巴库逗留了八天。包括我在内的四位女性组成了塞尔维亚代表团，受邀来此观赏欧洲电视歌唱大赛，在异国的一周多时间里，我们无疑受到了官方最高规格的礼遇。

总有一些旅行会彻底改变你，让你升华，让你成长，让你永生难忘。阿塞拜疆之行正是如此，它可以给你文化和地理意义上的启迪。对我而言，这还是一次朝圣之旅。我将化身《哈扎尔辞典》中的哈扎尔人。

2011年，阿塞拜疆政府出资重建了贝尔格莱德的塔斯玛吉丹公园，在公园里修建了一座米洛拉德·帕维奇的纪念碑。他们还开展了一系列纪念活动，印制了阿塞拜疆文版《哈扎尔辞典》的五十周年纪念版，制作了配套的纪念章。纪念碑揭幕时，我回赠了阿利耶夫总统一部《哈扎尔辞典》手稿的复制版。他的国家将帕维奇视作自己的作家，我理当献上一份珍贵的礼物。米洛拉德·帕维奇去世之后，不同民族、语言、文化、宗教都将他视作自己的作家，但颇为讽刺的是，他的祖国并不这么想。如今，帕维奇的多部作品已在世界范围内印刷了三百余次，但塞尔维亚对他固有的偏见并没有改变。

几年前，阿塞拜疆驻塞尔维亚大使埃尔德尔·哈桑诺夫博士找到我，郑重地告知我，他们要为帕维奇建造纪念碑，那时，我对阿塞拜疆这个国家几乎一无所知。我只能通过学校地理课上习得的常识，从久远的记忆——苏联，新派伊斯兰，拼凑出一个模糊的印象——巴库是重要港口，仅此而已。

早在那时，哈桑诺夫先生就告诉我，阿塞拜疆永远都是我的第二个祖国。我以为这不过是外交辞令、东方式的客套，甚至是虚浮轻飘的奉承话。

直到有一天，我变成了哈扎尔公主……大使馆的全体工作人员会在米洛拉德·帕维奇的生日和祭日到他的墓前祭拜，会在我参加读书会时陪伴左右，会在各式各样的场合献上精妙绝伦的礼物；我见证了走廊地带协议的签署，出席了伊斯兰教会学校、教堂、纪念碑、公园的开幕典礼；我成为塞尔维亚-阿塞拜疆字典的校对人……最后（或者说一切才刚刚开始）我又作为嘉宾受邀前往巴库，出现在装点着红毯、丝绸、鱼子酱、真金白银和书本的场合……

*

阿塞拜疆与伊朗、土库曼斯坦、哈萨克斯坦、俄罗斯、格鲁吉亚、亚美尼亚接壤。它是真正意义上东西方交融的国家。它既不属于欧洲也不属于亚洲，却地跨亚欧。它既不是伊斯兰教国家也不是基督教国家，但两种宗教却得以在此共存。

生活在这里的人们让我想起他们那些脸孔与法尤姆木乃伊肖像[①]相似的祖先——科普特人以及后来的阿罗蒙人，虽然我并不真的了解他们；他们有着大而明亮的黑眼睛，鹰钩状的瘦削鼻子，醒目的充满雕刻感的眉毛。他们也有蓝眼睛的斯拉夫人的血液——直刺阿塞拜疆的高加索山脉带来了俄罗斯人的余脉。因为邻国伊朗使用波斯语，阿塞拜疆的语言受影响，变得晦涩难懂，我对他们的语言一窍不通，只能尽量保持缄默。广泛使用的阿塞拜疆语属于突厥语系，地位和俄语大致相当。人们总是不自觉地从阿塞拜疆语切换到俄语，从俄语切换到阿塞拜疆语。不过，他们或多或少也能听懂塞尔维亚语，一方面因为阿塞拜疆语同属于斯拉夫语系，一方面因为阿塞拜疆语有外来的

[①] 公元1世纪到4世纪间在埃及出现的一种为死者描绘的胸像或肖像。人物表情忧郁，个别有姓名，通常画在木板上，置于死者木乃伊面孔的包裹布之下，或直接画于覆盖木乃伊的尸布之上。由于这类肖像在埃及法尤姆地区发现最多，故名法尤姆肖像。——作者注

突厥语词。另外，我重复三声"噗、噗、噗"驱除厄运时，当地人也心领神会地回以惊异的眼神，他们也有类似习俗。但必须说明的是，两国之间的直线飞行距离竟长达四千公里。

巴库让我感到归家般的温暖。当地人的思维与我们十分相似，他们比希腊人、土耳其人亲和。值得一提的是，阿塞拜疆是小国，人口数与塞尔维亚大致相当；它与邻国亚美尼亚存在边界问题，塞尔维亚与科索沃之间也存在类似的麻烦，两国都为此陷入了激烈的政治争端。阿塞拜疆与塞尔维亚两国唯一显著的区别在于资源，他们盛产石油，而我们占有水资源，两者的丰富程度不相上下，我无法预测未来两者的价值孰高孰低，但现在两者无疑都有着领先世界的优势。

前往巴库的旅程如此漫长。即使享受外交便利，这趟紧凑且不失奢华的行程也耗费了一整天。我们从清晨一直奔波到傍晚。我们先飞到拥挤的伊斯坦布尔机场，时间往前推了一小时；紧接着花了三个小时飞往巴库，时间又往前推了两小时。为了让中欧的居民能在格林尼治时间八点、让亲爱的塞尔维亚观众在格林尼治时间九点观看在巴库举行的欧洲电视歌唱大赛，巴库的赛事不得不从每天的午夜开始，决赛结束时正是巴库时间凌晨四点,彼时黎明将至,太阳从里海-哈扎尔海的水面升起,旅行的疲倦也随之一扫而光。简言之,我们的时间被调快后了三小时。

在夜幕降临之前飞行,目睹晴空万里之下罕见的地理奇观,让我感到无比激动。飞过黯淡无光的土耳其领土和深蓝的黑海,你就能看到翠如宝石的柔软植被和层层叠叠、绵延无尽的格鲁吉亚山地,但很快你将目睹那仿佛属于其他星球的地理景观。就像身处火星!长达几百公里的赤裸山脉彼此纠缠,既像赤色的霓虹灯,又像空间飞船的跑道。那些曾经如多瑙河般奔腾的河流,如今只剩下石化的河床,河床蜿蜒如蛇,盘亘在植被荒芜的山谷间。河床在落日的余晖下仿佛光滑的冰面。反射着黄色光线的静谧河床之下,是微光粼粼的幽暗之地。我看到地下闪过三道极其骇人的光束。不一会儿,飞机舷窗外的景色变成了一片更加蛮荒的不毛之地。首先映入眼帘的是灰白的死火山群,接着是外星飞船的停机坪般的平整山地。光怪陆离的地理奇观的尽头,便是里海。哈扎尔德尼斯[①]——阿塞拜疆人通常这样称呼它。

---

① 德尼斯(denizi),在阿塞拜疆语中意为:海。

哈扎尔海是一片无边无际的深蓝色的水域。飞机降落在巴库机场，这座由深色钢筋和玻璃混搭的机场向我们展示了无与伦比的建筑之美，它看起来和《星球大战》《星际迷航》等有关世界未来的电影中的建筑别无二致。机场标灯亮起后，我得以看清它精巧的钢筋骨架和镶嵌其中的丝带状玻璃。一幢未来的东方宫殿。

终于，我来到了巴库——白天，它是都市，是首都；到了夜晚，它却变成另一座城。

坦白说，从出发的那一刻起，我就意识到，这无疑是一次朝圣，我预备从这片哈扎尔故地取一些鹅卵石埋在丈夫帕维奇的纪念碑边上，埋在塔斯玛吉丹公园的花坛里。他的雕塑是在巴库制作好再运到塞尔维亚的，我将回到这尊雕塑的"诞生地"，我将为帕维奇的这"第二个身体"和他手中的《哈扎尔辞典》带上一份本乡本土的砂石样本。

愿爱、文学、艺术与灵魂永垂不朽，愿死者在黄土之下安息！

*

我期待在阿塞拜疆的旅行能有完全不同的体验。当地的政府邀请我作为特别嘉宾,参与当时正在这个国家、这座城市举行的空前盛大的媒体活动——欧洲电视歌唱大赛。我乘坐商务舱,享受机场VIP待遇,住最奢侈的酒店,享有外交豁免权,受邀观看三晚决定性的赛事……我带了四套晚礼服,各式各样的漂亮鞋子、珠宝,甚至还有帕维奇和我的俄语版作品作为礼物,当然,还有一些专业化妆品……我做梦也不会想到,自己竟坐在总统的小巴车里观赏里海沿岸的风景……我参观了保存着四万年前的岩壁画的遗址,拜谒了琐罗亚斯德教的火神庙;我前往阿塞拜疆名流的宅邸,参与私人宴会;我收到各式各样的馈赠,就像真正的公主;我会在午夜时分前往巴库水晶宫①聆听音乐会,直到第一缕晨光降临巴库,才尽兴而归;我有专门的保镖,就连我去商店里买护翼卫生巾,他们也会贴身跟随;我的行程如此紧张,有时连坐下来吃一顿酒店里价格惊人的简餐的时间都没有,只能在小巴车里吃上一点抹油鸭肉;我在这个人人好茶的国度,

---

① 巴库水晶宫(Baku Cnystal Hall),一座位于阿塞拜疆巴库的多功能室内场馆。包括音乐厅和体育场在内的各种设施均由轻钢结构制成,外观类似于切割的水晶。2012年欧洲电视歌唱大赛在此举办。

常常为了一杯咖啡等上二十分钟;我甚至与恐怖袭击擦身而过,命悬一线。毫无疑问,我将经历肉体和灵魂上的震颤……当然,我更期待后者,那种灵魂上的体验。

巴库——光与风的城市

巴库真像巴黎！建筑，氛围，甚至城市的色调，方方面面……

这里的建筑无疑融合了伊斯兰和东方的情调，还有苏联的影子，有一点格鲁吉亚或者土耳其的风味，同时还让我联想到马耳他和希腊；此外，还有一些超现代的建筑会让人想到迪拜，正如当地人所说的，巴库的特别之处在于它的兼容并包。阿塞拜疆是独一无二的。它是火之国。这片土地上有令人叹为观止的地貌奇迹和资源，一半是天堂，一半是地狱。

如果必须给巴库一个定义，我想，它应该是欧亚之间的巴黎。这一印象从抵达这里的那一刻起，一直延续到旅行的最后一刻。这里的建筑呈现出丰富的象牙色，点缀着多样的装饰——阳台上的铁艺、室内的枝状吊灯、富丽的装潢，室外布置着喷泉、林荫道，夜晚灯火璀璨，高档的商店内闪烁着来自欧洲和美国的高档牌子。但巴库要比巴黎干净得多！

这座城市从整体到细节都呈现出非凡的工艺风格和艺术品位，彰显着都市的内在精神和无处不在的美学，而美丽的市容并非归功于过去十年来飞速发展的石油产业带来的经济繁荣，可以说与新近累积的财富无关，更不是为了迎接欧洲电视歌唱大赛。成就这座城市的，是几百年来不同的文化与文明的教育、启蒙和智慧，这里（还有塞尔维亚）还延续着古老欧洲失传已久的激情和乐天主义。

如果世界上有所谓风之城，非巴库莫属。尽管靠近里海－哈扎尔海和高加索山脉，属于半荒漠气候，但巴库是当之无愧的风之城。告诉你吧，来到这座城市就别想保持发型，有时甚至连在风中行走都成问题。我翻看过在巴库拍的照片，竟然没有一张露出全脸的，取而代之的是被风吹乱的头发。你或许会问，这里的风不是从海和湖泊上吹来的吗？不应该是湿润的半透明水雾吗？实际上，那种典型的欧洲气候被大风彻底削弱了。

只在很少的时候，风才会停下来，不一会儿，你就会闻到未经加工的石油的味道,一种纯天然却异常刺鼻的气味。

阿塞拜疆的首都比塞尔维亚的首都更有资格称为"白城"①;它干净,整洁,有序,规整,明亮,朝气蓬勃,夜晚格外繁华,是一座宜人的城市,名不虚传。

石油产业累积的资本被投入到方方面面,基础设施、建筑外立面、公园、风景区、纪念碑、垃圾处理系统、道路和交通线……但重中之重,无疑是美化城市。

如果要我用一句话概括巴库和阿塞拜疆的其他地方给我的印象,我想,那一定是这个国家对传统遗产的继承和对美的追求,前者旨在发扬光大,后者则彰显着务实的精神。阿塞拜疆人就像欧亚边界的瑞士人,精益求精,追求卓越,他们希望能尽快追赶上发达国家。他们不像处于新旧转折期的俄罗斯那般傲慢自大,没有美国式的粗糙,没有沾染欧洲的衰颓,不像阿联酋那般金玉其外,更不像塞尔维亚那般自负。他们知道自己是一个多民族并存的小国,铭记被占领过几百年的耻辱,因此他们力求提升自身的地位。尽管这片土地里喷出了石油,遍地

---

① 贝尔格莱德,塞尔维亚的首都,在塞尔维亚语中意为:白色的城市。

的石油,但他们从不相信天上会掉馅儿饼。

*

我飞行了一整天,终于在黄昏时分抵达巴库机场,那时,我对这个国家还一无所知。我疲倦极了,还要适应当地与塞尔维亚的三小时时差,然而一出商务舱,我们这个代表团就被马不停蹄地带到了小巴上,小巴沿着主机楼绕行一圈后径直开到了铺着红毯的豪华宫殿的入口。宫殿内装饰着大理石、璀璨的吊灯、气派的立柱、镜子,摆放着仿巴洛克风格的椅子。我以为这是一家靠近机场的酒店(甚至有点太近了),但穿着统一制服、用水晶杯盛着茶水招待我们的"服务"人员却收走了我的护照。更让我莫名其妙的是,我们的行李还被送到"酒店"另一边的出口处扫描,好像我们不是刚刚落地,而是预备带行李离开。

在阿塞拜疆,我不断经历类似的茫然和误判,虽然在旅行中类似的事是再寻常不过的了,可我还是一次又一次地陷入迷茫。

这里显然不是酒店,而是机场的贵宾楼。这无疑是我体验过的最友善的行政流程了。办好了护照相关的手续，我便在内阁部长的指引下开始了巴库之旅。

一辆豪华的白色小巴车正停在路边，将带着我奔驰在夜晚的巴库。接下来的一周，它是我们的专车。

我本以为自己前往的是一座黯淡的城市，一个带有社会主义性质的东方国度的单调都城，但迎接我的却是灯火璀璨的都市。五光十色的光线让我应接不暇——建筑外立面、摩天大楼、公园、喷泉、道路、高塔还有十字路口；一切都沐浴着光亮，饰灯、车灯、激光、聚光灯、LED灯……天空中三束不规则的射光，象征着现代的巴库，灯光射在玻璃外墙上如同火焰。交通警察手中闪亮的指挥棒则向我们预告，前方是规模惊人的交通阻塞。整个城市以欧洲电视歌唱大赛的接待处为中心堵成了蜂窝，到处都是堵塞、绕行和寸步难行的车辆。一场夜间大崩溃！豪华轿车的喇叭尖叫着，警察用扬声喇叭高声指挥，我们的司机想从一条单行道绕到酒店去，酒店就在我们的视野范围内却怎么也到不了。已经是21世纪，但从A前往B——无论是用车、飞机还是船——无疑是一件难以完成的任务，仅凭人力显然已经无法解决这场因为低速和超负荷造成的拥堵了。

当然，最终，我们还是到达目的地，地标酒店。

酒店的布局有点怪。前台竟然在半空中，在第十九层，我们的房间在十六层，SPA中心在九层，餐馆在二十层，会议中心却在地下四层！

一走进宽敞的客房，我就被占据整个墙面的落地窗后壮阔的海景吸引住了，海边有粼粼闪光的宫殿、火焰塔、宝石形状的光彩夺目的水晶宫。水晶宫穹顶边缘的射灯如此耀眼，仿佛要将它的光芒射向外太空。光线摇摆着，看起来就像在空中尽情舞蹈的鬼魂。

就这样，我来到了这座风之城、火之国的中心。

*

阿塞拜疆的国徽是"布塔"（buta），据说是一团火焰，象征着火元素。我觉得它像一团炽烈的眼泪。整个国家的各类装饰多多少少都与它形似。我们甚至可以在羊绒织物上发现它，它就像一个可以变换成不同角度的饱满逗号。

阿塞拜疆的文化遗产没有任何夸饰和炫耀的成分，一切都显得简约、优雅、高雅、精巧。

巴库的标志是少女塔，它位于老城的入口。少女塔不露声色的粗粝风格让我想起了迈锡尼的建筑。在这座城市里随处可见属于往昔的东西，有天然的，也有人工的，这将我带回了迈锡尼。建筑严整的外形和形制都与岩石本身贴合，尊崇古代至高无上的四元素法则——火，土、气、水。对阿塞拜疆人而言，自然与文化的遗存无疑是第五种特殊的元素。

招待我们的是金娜，我记不住她的名字，所以我叫她安吉丽娜。她是一个热情的女孩，用俄语、英语和粗浅的塞尔维亚语和我们聊天，她叫我 Frau Mihajlović[①]，大约因为她刚刚结束在德国波恩的外派工作。我们四位女士和安吉丽娜，还有我们的小巴车司机，构成了一个塞尔维亚代表团。我的名字按照阿塞拜疆语的发音规则应该是雅丝米娜-哈努姆，在欧亚之间，我化身成收集哈扎尔鹅卵石的 Frau Mihajlović。我的名字——雅丝米娜——出自阿拉伯语，在阿拉伯语里并不是一个生僻的词。但在阿塞拜疆，所有的名字都杂糅了土耳其语和斯拉夫语的特色，而使得"雅丝米娜"充满了异域风情。

---

① 德语，意为：米哈伊洛维奇夫人。

*

巴库老城,当地人称它"堡垒"。当地的街道、小巷、墙壁、新旧纪念碑、宫殿、多门的巨塔、清真寺还有集市,似乎并不属于曾经的阿拉伯古国。它更紧凑,被整饬,被装饰,熠熠生辉(和现代巴库一样),散发着过去某个宏伟年代的特殊的愉悦氛围。该怎么说呢?它融汇了一切:伊斯兰、土耳其、南高加索、巴尔干、罗兹岛、马耳他,大约还有格鲁吉亚和亚美尼亚……我时不时还会联想到戛纳和尼斯、巴登-巴登①……文化和建筑上的杂糅汇通。

我们被请上一辆安静的电动旅行车,希尔凡沙阿宫的理事带领我们游览古城,我们从一个景点逛到另一个景点——少女塔,有着众多考古发现的古老市集,希尔凡沙阿宫,土耳其浴室,驿站,古钱币博物馆,公共水阀,广场;当然,还有喷泉。打着褶子的昂贵毯子挂在门框内价值不菲的杆子上,有些甚至干脆就铺在商店门口的街面上。阿塞拜疆的毯子堪称国宝,

---

① 巴登-巴登,德国西南部城市,是著名的温泉疗养地,旅游胜地和国际会议城市。

他们甚至设立了专门分管毯子的部门,核发用来买卖的毯子的证书。

每次参加官方性质的旅行,我都会遭遇两类大问题:不喜欢导游和不喜欢拍照。我是一个挑剔的旅伴。更糟糕的是,通常我们被视作政府邀请的宾客,所以我们的向导往往很有存在感。通常是由博物馆的理事陪伴我们!这事烦不胜烦。更令人厌烦的是,我们对宗教学校、清真寺、客栈、土耳其浴室、土耳其喷泉等等都非常熟悉,此外社会主义、苏联、俄罗斯一类话题,也已经是陈词滥调。我们是欧洲电视台邀请的重要宾客,我们出人意料的博闻强记,因此更多了几分魅力。

风十分强劲(当然在巴库,已经算温和!)。我看见石质门框上的猫、商店里的哈扎尔风格的鞋(鞋尖是倒钩形状,用金银丝装饰)、被欧洲电视台吸引来的观光客、魔幻风格的建筑外壁、铁艺阳台、木质露台、舒适的书店、开花的野生开心果树——但都是在电动汽车里看到的。很遗憾,我在巴库的行程往往是从交通运输工具 A 辗转至交通工具 B,从 C 入口转换至 D 入口,散步的机会十分有限。要等到晚些时候,这些防患于未然的安保措施才会撤销。

国宴酒店前方燃起了巨大的喷射型篝火，穿着民族服饰的女子走到我们面前分发蒸糕片和羊奶酪。哈扎尔人异乎寻常地好客，乐于分享。过去的几年中，在驻贝尔格莱德的使馆内我已经有所体会，来到阿塞拜疆后，我才意识到这整个民族都拥有此项美德。

塞尔维亚驻巴库大使馆就在老城，看到自己国家的国旗在那幢优雅古典的三层别墅上飘荡，我感觉无比自豪。说到国旗，我发现阿塞拜疆人对于国旗的崇拜几乎赶上了美国人。你每走一步，就能看到一面国旗，有的大，有的小。世界上海拔最高的旗杆就在巴库港，水晶宫大厅的右侧。作为风之城的巴库，没有一刻是寂静的，因为它的中心始终有一面旗帜高高飘展着，发出雷鸣般的声响。

阿塞拜疆人还迷恋着其他东西。喷泉，公园，纪念碑，还有纪念馆。它们装点着巴库的地平线，成就此地的奇景。塞尔维亚使馆前的广场上就树立着一位阿塞拜疆作家的纪念碑。那是一尊巨大的头像，他书中的英雄人物垂挂在他的头发上。不远处还有一幢令人印象深刻的建筑——文学博物馆，巴库最著名的建筑之一。它里面珍藏着《哈扎尔辞典》手稿的复制版。

巴库整座城市是略微倾斜的，形状像竞技场。在老街最奇妙的体验是你会发觉海一会儿在这边，一会儿又在另一边——远处是本地的三种风景，三个层次的建筑：古老的，现代的，最后是超现代的摩天大楼。建筑与地形和谐地融为一体。没有丝毫突兀，没有任何碍眼的事物，一切如行云流水。

巴库未来会怎样，我无从知晓。在网上你可以看到未来规划，绝对会让你不由得屏住呼吸。本地居民已经切实地感受到未来已经开始发生，如果你有一个月没去城市的某个地方，再次经过便认不出来了。变化如此迅猛。

事实上，我在巴库见证的并非欧洲电视歌唱大赛，而是这个国家此刻的繁华。见证这座城市的黄金时代，这是一位游客收获的最大的礼物。

其他的礼物也将接踵而来……

*

从自然、地理和气候上看，阿塞拜疆可以把人逼疯！常见的气候带有十一种，但在这片相对狭小的地方竟然有九种！！巴库及其周边，包括里海-哈扎尔海位于地平面下 27 米；阿塞拜疆境内的高加索山海拔竟然有 4 400 米！在这个落差范围内孕育了半荒漠、草原、湖泊、岩石化的河床、沙滩、火山、桦树林，这里有着占地巨大的国家公园还有众多史前遗迹，广布着温泉、油田和本地特色的动植物。说它一半是天堂一半是地狱，并不为过！让我印象最深刻的便是此地的岩层、石地和山脉。在阿塞拜疆，你将目睹星球古老的另一面。

我之所以想从哈扎尔带些鹅卵石给帕维奇，正是因为那片"海"的名字——哈扎尔海，它留存了曾属于哈扎尔人的记忆，岩层里留存着这个星球诞生之初的记忆和人类文明的根基。在出席盛大的欧洲电视歌唱大赛之后，我会沉浸在地理奇观之中。

这是一片建造在沙土之上的国度！我们常常忽略了这一事实。

迷人的地狱，诱人的风景

巴库附近有一片很大的区域，被称为戈布斯坦。它是联合国教科文组织认证的文化遗产，无论从文化意义上讲，还是从地理意义上讲。这片区域充斥着光怪陆离的岩石、荒漠、奇妙的多山平原、间歇性喷发的平顶火山——还有数以千计的史前人类留下的岩画。这些露天艺术遗迹无不令我叹为观止。我没有想到自己能够在同一片土地上同时欣赏到触目惊心的自然美景和这个星球上最早一批居民的艺术创作。有超过6000块石头上见证了过去5000年到40000年的遗迹！

我无法理解为什么媒体会给我们灌输那样单一的关于过去的认识——古埃及、玛雅、印加人，即关注木乃伊文化这一支——却遗漏了戈布斯坦，我们对此地无价的岩石宝藏几乎一无所知!

从巴库出发,沿着靠近里海——也就是哈扎尔海的海岸线的公路,就可以抵达戈布斯坦。一旦离开阿塞拜疆的首都,往南走,你就会看到典型的荒漠景观。银白色的砂石,有着灰色丝绸般的质感。它们曾属于海底世界,但沧海桑田,几十万年间,经历潮起潮落,咸咸的海水渐渐变成了琼浆,正是因此,这里又被称作"湖"。附近的石油钻塔形似塞尔维亚的吊桶杆,它们就像鸟儿般不断俯身饮用石油。

在阿塞拜疆,我终于理解了壳牌石油商标——那只精美扇形贝壳的精髓。石油有些是树木的化石,有些是贝壳的化石。阿塞拜疆的石油无论是陆产还是从海洋中开采的,都是贝壳化成的!这些贝壳活蹦乱跳的时候是美味的食物,生病了便开始孕育珍珠,死去了又变成沉积物——黑黄金!这种躲在硬壳里皱巴巴的生物是多么可贵啊,它奉献了多种多样的珍宝!

里海的沙滩和海岸上并非布满沙粒!你踩在脚下的都是贝壳。阿塞拜疆产的石油,无论是在海上还是在陆地上钻取的,都来自那些早已灭绝的贝类。我们的导游安吉丽娜告诉我们,如今巴库的石油产业延伸到方方面面。当我站在女人的角度,提议他们也应该开一家石油美容院时,安吉丽娜露出了一抹神秘的微笑。就在第二天,她送给我们四人每人一套用石油、火山泥和地上的贝壳作原材料制成的高档"哈扎尔"化妆品!包括一整套面霜、面膜、身体用磨砂膏、沐浴香波的化妆品,都是阿塞拜疆产的。

戈布斯坦这个名字的意思是沟壑纵横的地方。沟壑之地。我们面前耸立着不知从哪儿冒出来的巨大的高高的平台,看起来简直就像外星的地理平台。它们在阳光下闪闪发光,仿佛迎接不明飞行物的降落场。尽管我们还站在海岸边,身处阿塞拜疆的最低点,但我的耳朵仿佛还是能感受到压力,好像自己正在上升或者降落。要知道里海可是一片在海平面下 27 米的水域。

我想,如果有光学意义上的海市蜃楼,那么声音和重力也可以构成海市蜃楼。是的,我确信如此。我们看着面前这片称为戈布斯坦的土地,这里有着壮阔的地理奇观,孕育着智慧与文明。

它正在发散着自己特有的声音。

*

戈布斯坦充斥着地理奇观。这里有山洞、岩石和各种各样的史前岩画；岩石暴露在干燥的风和酷烈的阳光下，留下各式各样被侵蚀的痕迹，都是气候的化石。这片巨大的充满诱惑的地狱般的风景之中，还留存着史前人类的绘画——这群人被称为戈布斯坦人——他们描绘了自己的小船、猎物以及象征他们自己的简单形象。这些开放给游客的石阵在这座星球上都是独一无二的。

我在戈布斯坦体验到难以比拟的兴奋。这里无疑是极少数既能体验鬼斧神工的自然风光，又能感受数千年前的史前人类艺术的地方。此外，我还发现在戈布斯坦及其周边地区的传说中确实也提到了外星人。

被联合国教科文组织列为世界遗产的露天博物馆，馆长是一位头脑十分敏捷、专注事业的女人，她给我留下深刻的印象，她就像一位现代女祭司，一位史前时代的守护者，戈布斯坦地区的管理者。她名叫马拉哈特·法拉加瓦。记住这个名字！

不要忘了，我们一行四位女士是作为正式的塞尔维亚代表团受阿塞拜疆政府邀请，来出席欧洲电视歌唱大赛的。一辆小巧而舒适的白色小巴车伴随着我们旅行的全程，司机是一位男子，我们发现他在通过众多为类似欧洲电视大型活动设立的关卡时,居然不需要出示任何文件。一切似乎都在恭候我们。我们便开玩笑说,车牌上字母 PA 的意思是"来自潘切沃①的人",那里的司机以车技糟糕著称,甚至在遥远的阿塞拜疆,甚至警察,都想对他们退避三舍。我们把这个只有我们本国人知晓的笑话告诉导游安吉丽娜,她瞥了我们一眼,告诉我们 PA 的意思是"总统用车"②,在阿塞拜疆只有三辆这样的小巴车。我觉得,直到那一刻,我们才意识到此行规格之高。一切对我们的确过于轻松,当然有时也困难重重(我们甚至不能独自去商店、提款机和餐馆……)。

我之所以提到总统的白色小巴车,因为它是戈布斯坦的传奇故事中的英雄之一。稍后,故事一旦开始,它就会开始承担自己的使命。

国家公园的理事被阿塞拜疆人尊称为马拉哈特-哈努姆,她熟知此地亦真亦假的传说。在我有限的经验中,她也是我遇见的第一位如此精通科学的考古学专家、历史学专家。这位名叫法拉加瓦的女士几乎能对各种事实做出艺术上的阐释。她的讲解从事实到传

---

① 潘切沃(Pančevo),塞尔维亚地名。
② 总统用车,英文表达为 Presidential Apparatus,缩写为 PA。

说，从科学到歌咏风景的诗歌，无所不包；甚至在面对黄昏时分的深渊时，她还论及了玄学。

我们就像小羊跟着母羊般跟随她进入主洞，辨识山洞顶上堪比游戏的岩画——鱼肚子里藏着一只牛，穿着太空服似的外套的戈布斯坦人，在其他文明中未曾见过的形状奇异的船，鹿群经过的标记……这个主洞被称为"阿兹卡"，入口看起来就像阴户。我小心翼翼地搜集着预备带给帕维奇的哈扎尔鹅卵石，把它们塞进口袋里，唯恐被景区保安阻止。我不知道该如何向他们解释，我对阿塞拜疆砂石的热爱并非出于单纯的观光性质，也不是有收集癖，而是因为我必须完成的这件事。因为文学，因为热爱，我要将曾经属于哈扎尔的碎片埋葬在伫立于贝尔格莱德的塔斯玛吉丹公园的我丈夫的纪念碑边。

我们在曾经洪水泛滥、如今却干旱而焦灼的土地上蜿蜒前行，一只高加索蜥蜴就像宠物般跟随着我们。马拉哈特女士告诉我们在漫长的历史中，这里一度是孕育动物和植物的沃土，却在几千年前，偶然变成了里海-哈扎尔海。我为时间的纵深所震撼，从新生代到中生代再到古生带，如此明晰，如此自然，好像我们是在观看一档电视节目；但实际上，我们目光所及、踩在脚下的是闭锁在星球内部的岩层间喷射出来的能量。

我们正满怀期待地走在探索史前生命的路上,理事却突然停了下来;显然,她发现我们对一直尾随着我们的高加索蜥蜴充满好奇。她说道:

"我初到戈布斯坦上任时,一直努力熟悉这个地方,却遇到一件离奇的事。那是一天中午,酷热难当,我发觉石头上有什么东西发出了光亮。那种恢宏的夺目的光彩,钻石般的光彩啊。走近些,我才发现是一条巨大的蛇,是它的鳞片在反射太阳光。我震住了,立在那儿,一动不动。那条蛇正看着我。不,我没有害怕……恰恰相反。我被那条蛇的美貌迷惑了,我爱上它了!"

我们看着这位理事女士,面面相觑,受到了惊吓,也被她镇住了,仿佛她自己就是她对我们描述的那条蛇。

"于是,我许下了一个愿望……一个宏大的愿望!"

"然后呢……?"我们不约而同地问。

"然后我的愿望成真!"

那个重大的愿望到底是什么呢,我想每个人脑袋里都掠过了一些答案：伟大的爱情，婚姻，孩子，博士学位，在国际上享有科学家的美誉，太空旅行，死后能进入天堂……

"我希望戈布斯坦能够被列为联合国教科文组织保护区之一。经过十年的艰苦奋斗，我的愿望终于实现了！"

亲爱的读者，我冥思苦想许久也不知如何表达那一刻的感受！在我生活的那个国家，首都的两座最重要的博物馆——国家博物馆和现代艺术博物馆——已经闭馆十年之久；我是一位作家的遗孀，我丈夫的作品已被译成了至少36国文字，他生前的作品《哈扎尔辞典》一次次在其他国家和大陆再版，却不允许在自己的祖国出版。事实上，无须赘言……塞尔维亚的愚昧落后所有人心知肚明，几乎是在一夜之间退回到蛮荒时代！但不要忘了，塞尔维亚也有一系列被联合国教科文组织纳入世界遗产名录的遗址。回到塞尔维亚后，我立刻查阅了名单：加姆兹格拉德－菲利克斯·罗姆利亚纳（2007），科索沃中世纪遗址（2004），斯图德尼察修道院（1986），斯特利拉斯和索伯察尼（1979）。

能有专门部门尽全力守护一个国家，是多么美妙的事。可怜的哈扎尔人灭亡，正是因为他们无力保护自己。现在已经没有任何实体能够证明他们的存在，建筑、文学、文字、墓穴……"他们已经被淹没。"大概只有里海的名字尚且保留了历史的公正，在阿塞拜疆语里，它被称为——哈扎尔海，哈扎尔德尼斯。

还是聊聊我们的女主角吧。马拉哈特夫人是一位家庭美满却又热衷于科学事业的中年女人，她精神饱满，乐观积极，善于自我实现，她为曾经许下的宏愿得以成真而感到自豪，至今她仍致力于维护联合国教科文组织授予的执照。她坚信，一旦拥有这一荣誉，就必须保持它的荣光。

事实上，戈布斯坦是高原上一片散布奇石的荒漠。在大型停车场附近终于有一棵孤零零的树。我们坐在树荫下的长椅上，理事让守卫们给我们采摘了一些桑葚。原来，我们是坐在一棵巨大的白桑树下。缎白色的莓果，透着无与伦比的甘甜，是久违的儿时的味道，我整个人都被甜蜜的温暖填满。当时，我正置身于离家千里之外的地方，在古代历史的中心，然而这美妙的甜味却将我带回童年。马拉哈特女士向我们讲述与桑葚有关的逸闻，讲述丝绸之路一度穿过阿塞拜疆，讲述除了普通游客之外，不明飞行物专家们也

会到戈布斯坦做相关研究,讲述新近发现了四副年代不详的骸骨。在介绍完里海-高加索地区考古科学研究所后,她以一番感慨作结:

"现在,亲爱的女士们,我要走回几个月前才开放的博物馆了,你们也将回到来时的小巴车上,不过一旦吃下这些桑葚,你们就会被戈布斯坦施下永恒的魔法——你们的灵魂将有一部分被牵绊住!"

桑葚启发了女士们自觉意识的言论,让我们不禁会心微笑。理事不经意地瞥了眼山下的建筑,我们则意兴阑珊地往小巴车走去。

意外的是,司机竟然打不开这辆超现代的总统专属坐骑了!他试过所有方法,生拉硬拽,借助工具,车仍旧岿然不动……守卫们也围了上来,来了四个人;他们鼓捣了一通,也无济于事。我们被困住了!还未离开,就被某种玄妙的力量困在了这里。最后,一位身材精瘦的年轻人从一扇开着的窗户钻了进去,从里面把门打开了。

但我们都不敢坐回车里。我们的担心是相同的。如果我们钻进去之后,又被困住了该怎么办!当晚可就要举行欧洲电视歌唱大赛的半决赛了呀,就在水晶宫音乐厅,我们可要穿着时尚优雅的衣裙坐在特别的卡座里……！

丈夫去世后,我开始意识到自己拥有一半哈扎尔血统(当然另一半属于塞尔维亚),我果断地认为,一旦驶离这片人类的电子科技所不能掌控的区域,那扇门就会恢复正常,于是,我走了进去。该发生的已经发生了,我想。

果真如此。我们在博物馆门口打开车门时,没有遇到任何问题,之后也再也没有遇到任何麻烦。我们参观了异常现代、充满交互体验的博物馆,足以与巴黎的博物馆相媲美。理事此刻正坐在行政大楼里,精明,专业,带着商人般的理智,与之前判若两人。和我预言的一样,该发生的已经发生了。

在返回巴库的路上,我又一次感受到飞机起飞和降落时的耳压变化。我们感觉天旋地转,头昏眼花。来自戈布斯坦的频率如此强大、敏锐。

我迫不及待地回到酒店房间,只想把身体抛在床上,暂时忘记阴魂不散的戈布斯坦,让自己的身心腾出一点空间,迎接下一个激动人心的时刻——当晚的欧洲电视歌唱大赛。可事情并非我想的那样。房间的入口处贴上了一张纸条:

亲爱的女士,鱼子酱已经放在了冰箱里。此外,还请查收阿利耶夫基金会赠送的礼物。

我环顾四周。床上堆着许多价值不菲的丝绒质盒子,地板上躺着一只巨大的袋子,里面是一张罕见的东方风格的毯子。

我坐了下来,开始哭泣。

阿塞拜疆人为何如此慷慨,我何德何能接受这样的恩惠?

珍贵的毛毯

我正在巴库,坐在位于哈扎尔海海岸边的地标酒店里哭泣。

阿塞拜疆人赠送的礼物将我包围:罐装鱼子酱、盛放东方茶饮的镀金手柄的水晶杯、银制盘子,盘子上雕刻着火焰图案——那正是阿塞拜疆,这座炽烈的国度的标志。此外,还有一张昂贵的、独一无二的毯子。

阿塞拜疆人为何如此,我何德何能接受这样的恩惠?我再一次问自己。

我擦着眼泪,接着犹如受到电击般顿悟:这些礼物只是由我代收而已,它们实际上是献给塞尔维亚,献给米洛拉德·帕维奇和《哈扎尔辞典》。我意识到自己承担着一份沉重的责任。

我将毯子从那只别致的皮包里取了出来。它用一层窸窣作响的包装纸包裹着，上面摆着一张闪闪发光的印着烫金字母的白色名牌，名牌上仅仅印着一个名字：梅赫里班·阿利耶娃。

阿塞拜疆第一夫人。品味非凡的美人。这里神秘的女主人。

我将毯子在双人床上铺开，在这座神奇国度的八天里，我孤身一人躺在这里，在阿塞拜疆，在哈扎尔。我的丈夫，米洛拉德·帕维奇不在枕畔。他长眠于塞尔维亚贝尔格莱德的墓穴中，与我阴阳两隔。感谢阿塞拜疆人、感谢哈扎尔人，他们为他塑造了第二副身体，让他的纪念碑伫立在塔斯玛吉丹公园，让孩子们能抚摸到他。家长们将孩子们高举到纪念碑的底座上，孩子们用手轻拍着冰冷铜像的膝盖，抚摸米洛拉德的手，摩挲他镀金的鞋子……帕维奇生前就是一位公众人物，去世后更加贴近公众。在公园里，任何人都可以触摸他的身体，站在他身边合影；那座纪念碑在某种程度上让人们与他之间的联系变得触手可及。他属于每个人，不独属于某个人。去世之后，帕维奇日复一日地伫立在贝尔格莱德的市中心，我难免嫉妒。

*

阿塞拜疆人将织毯技术视为国宝和杰出的文化遗产，他们还设立了一个"织毯部"！因为全国各地不同地区的编织法、图案、装饰、颜色、材质都有所差异，如果你购买或者获赠一条毯子，会附带得到一张精心制作的、注明准确信息的证书，这是一份独特的身份证明。

毯子在阿塞拜疆是被保护的品类。

我的毯子来自高加索地带的古帕地区，那是阿塞拜疆的边境，与俄罗斯接壤。8世纪的地图显示那里曾是哈扎尔王国确切的所在地。此后，它便告别了历史舞台，没有留下任何实在的遗迹供后人追索。

正如帕维奇在《哈扎尔辞典》中写道：

> 这部辞典中记录的事件发生在公元8世纪或9世纪（或者说曾发生了数起类似的事件），主要围绕曾经参与"哈扎尔大论辩"的哲人展开叙述。哈扎尔曾是一个自治的强大部落，这支善战的游牧民族何时被沉默的狂热驱使、从东方迁

徙至此地已经不可考。7世纪到10世纪间，他们定居在里海、黑海之间……本书主要叙述哈扎尔人和哈扎尔的城邦消失之前的大事件——一场关于他们的信仰渊源的大讨论。如今我们已经无法解开哈扎尔信仰之谜，实际上，即使是当时已经发展为显教的三大教派——犹太教、伊斯兰教和基督教，也对问题的答案争执不下，三大教派流传至今，而哈扎尔王国在大辩论之后不久就覆灭了。

在古帕地区的高加索山上，有一座名为卡纳尔伊的村庄。住在那儿的两千居民操着陌生的语言。他们完全自给自足，守护着既有的各种各样的风俗习惯。没有人知道他们是谁，从哪里来，使用的是何种语言。但我推测，他们正是传说中的哈扎尔人。

招待我的阿利耶夫总统和他的夫人梅赫里班，试图用这条毯子曲折地传达他们的心意。编织的纹样、颜色和装饰——他们没有选择有声的言语，而是使用上述早已失传的语言，诉说着那支消失民族的秘密。它们留下待解之谜，留下传奇。

帕维奇和我都不知道里海在阿塞拜疆语里被叫作

哈扎尔海，我们不知道任何与哈扎尔有关的地名，我们甚至不知道有一位著名的阿塞拜疆籍作家名字就叫作米尔扎·哈扎尔！这位作家还爱抽烟斗！

如今，这条毯子挂在帕维奇在贝尔格莱德的书房里。就在他的书桌边。我想，这是我给丈夫、我永远的爱人带回的哈扎尔人的礼物。起先我只想带回些鹅卵石，可最后，我却带回在高加索地区多雾的山地间自我放逐乃至绝迹的神秘部族编织的珍贵毛毯。

无论如何，在未来的某个时候，我将重返巴库附近的哈扎尔地区，沿着里海海岸旅行。阿塞拜疆，将是我永远的文学故乡。

*

帕维奇一去世，我便与所有人断了联系，甚至包括那些最亲密的朋友。仅仅二十四小时，我感觉自己的生活像是从激流变成了一潭死寂。近一年的时间里，我独坐在公寓里，电话铃不再响起，信箱里不再有新的邮件，那些带着悲伤和孤寂的慰问都消失了。我在鱼缸里养了两只金鱼，而鱼这种水栖动物的天性便是沉默。

我就像一具行尸走肉。

我曾向人求救,却鲜有人真正施以援手。

曾经簇拥着我的人群骤然消散,人们或是出于悲伤,或是出于私心,但更多的,是因为曾经对我的妒忌。

与此同时,我却不得不更多地与外界沟通——虽然是无声的——因为是通过电子邮件,帕维奇的出版商们从世界各地联系到我,他的读者们也不时用世界各地的语言给我写信。

只有在塞尔维亚,在贝尔格莱德,在我的祖国,我才会感到孤独。同样的,只在自己的祖国,帕维奇才会被遗忘。这话没有丝毫夸张的成分。面对残酷的事实,我已经足够克制。塞尔维亚如此决绝地与才华、成就、杰出、勤勉、诚实、耿直和精英划清界限。

三年时间里,在我的努力下,全世界范围内有超过 40 种帕维奇的著作出版。他生前的作品还在被人阅读,被翻译成汉语、俄语、土耳其语、印尼语、斯洛文尼亚语、英语、格鲁吉亚语、蒙古语、韩语……他的剧本在罗马尼亚、波兰,在莫斯科,在普利耶多尔被搬上舞台。

此外，我用了整整三年时间修订了塞尔维亚语版的《哈扎尔辞典》，这也是它最早的版本。这部死后重版的作品让我操劳到咳血。至今它已在世界范围内被翻译成36种语言，重印了95次。数字是不容争辩的事实。①

在塞尔维亚之外的地方，事情是简单、直截了当、轻而易举的。我四处游历，曾为世界各地的学术机构做关于帕维奇的主题演讲。我得以和人们交流。

只有离开塞尔维亚，我才感觉自己是活着的，这是件多么糟糕、恐怖、难以想象的事啊。我是米洛拉德·帕维奇的妻子。但我却只能在他的祖国之外，在塞尔维亚之外，得到援助，保护塞尔维亚自己的文化！

当我写下这些字句时，情况已经有了很大转变，这些着实归功于我西西弗式的勤勉，我独自承担了本应该所有人参与其中的事。我写作，为21世纪的塞尔维亚人作证，唯恐我们忘记自己的来路。这件事不仅事关一位作家，不仅事关他的作品、他的遗孀，它甚至成为塞尔维亚的某种隐喻。这个国家正在逐渐走

---

① 本书写作时间为2012年前后，该统计数字为当时可考数据。

向灭亡，但毁灭不过是积重难返，咎由自取！这个国家至今毫无悔改之心！

*

那是一个雾霭沉沉的夜，我置身彻底的黑暗中，精神濒临崩溃。也是在那晚，我找到了自我，是哈扎尔人带给了我光明，并帮我熬过了之后近两年的时光！阿塞拜疆的外交大使埃尔德尔·哈桑诺夫先生来到了我的家，告诉我在塔斯玛吉丹即将建一座帕维奇的纪念碑。一切来得太突然了，堪比闪电。要知道我的身心早就被那些口是心非的疯子摧毁了。我奔走于塞尔维亚的机构、协会、文职人员的办公室，只在极少数情况下获得知识精英们的接见，我被羞辱、拒绝，被晾在走廊上苦等，被厌恶、孤立、驱赶、戏弄、欺骗、虐待……甚至被咒骂。

实际上，不止我一人有上述遭遇，甚至梅赫里班·阿利耶娃女士也受到怠慢。他们是在利用我报复米洛拉德·帕维奇。

在这样的国度，在这样的时代，只要你活得成功，不论在有生之年还是死后，都不会被原谅。

然而，阿塞拜疆大使却递给我请柬，邀请我参加各种招待会和宴会；每逢米洛拉德的生辰和祭日，他们都会在他的墓碑和纪念碑前摆上花圈，给我送来一整篮一整篮高档礼物；我还收到一本特别的阿塞拜疆语版《哈扎尔辞典》，上面还印有那处公园纪念碑的照片，还有纪念碑的金属模型。我就像哈扎尔公主般被宠溺着，最后，还作为政府的客人来到巴库旅行，得到了一张哈扎尔的毛毯。[①]

哈扎尔人拯救了我的心，恢复了我的丈夫去世之后在他自己的国家、他的故乡所丢失的尊严。难道帕维奇和我注定要承受这一切？谁知道呢！唯一确定的是从我们拥有生命的那一刻起，就得面对这光明与黑暗并存的世界。

我清楚地知道荣耀的背后是什么……

[①] 至今没有任何塞尔维亚的机构或组织在帕维奇的墓碑或纪念碑前放过哪怕一束悼念的鲜花。但阿塞拜疆大使馆每年都会这么做，阿塞拜疆商会和工人们还在为塞尔维亚修路。此外，同样讽刺的事也发生在莫斯科：每逢帕维奇的诞辰日，俄罗斯作家协会、文艺工作者联合会都在莫斯科市中心的外国作家纪念碑群中帕维奇的雕像前摆上一只花圈。——作者注

失落的旗帜

我还是小女孩的时候,就对欧洲电视歌唱大赛着迷。我喜欢欧洲音乐电视开场曲中闪现的星星,它们让我想起那些印在用来包橘子的脆薄包装纸上的图案!(年轻的读者大概不知道我说的是什么,但我无意去阐明。这只是我私人经验中的一部分。)言归正传。当我还和家人住在一起的时候,妹妹和我会在欧洲电视歌唱大赛之前准备好几页列有国名、曲名和空白栏的纸,方便我们自己投票。长大后,我结过两次婚,试着让两任丈夫和我一起做同样的事情,但他们并不欣赏在自家客厅里投票的主意,也不理解我近乎庆祝节日般的热情。(显然,你们只会成为狂热的运动迷!)短信投票的方式已被引入,而当那轻柔的音乐一响起,我那种女孩式的参与庆典的激情就再次被点燃。

在此之前，我从未在现场欣赏过音乐比赛，甚至在我的祖国塞尔维亚都没有过。我怎么也想不到自己竟会在欧亚之间，在阿塞拜疆，在巴库，成为欧洲电视歌唱大赛的现场观众！主办国的特邀嘉宾！人生如戏。

我小心翼翼地保存着 2012 年欧洲电视歌唱大赛的三张票，其中有两张是半决赛的入场券，一张是决赛的入场券。和收到阿塞拜疆第一夫人赠予的附带证书的毯子一样，它们带给我的，不仅仅是情绪上的抚慰……

有人将欧洲电视音乐大赛视作一场时尚风潮——他们无疑大错特错！它的意义远高于此！我活到现在，游历过四方，还从未见过其他地方掀起如此风潮。比赛就在海边的水晶宫的音乐厅举行。音乐厅刚刚建成。到了夜晚，奢华的灯光亮起时，射出的光线仿佛可以照射到了最近的那颗星球。

音乐厅中的音响效果宛如水晶般剔透，可以同时取悦超过两千位观众。用普通的手机随意录下现场的歌曲，都足以媲美任何专业音乐设备的音效。我的座位很高，就在大厅主席台正下方，足以将整个大厅的宏伟景象尽收眼底。目光所及……是极度辉煌的声与光。舞台上冰火对决。安保措施严密整饬。约800人的团队在进场处奔走协作，保障着观众的安全。观众们先后要通过三次安检，从停车场到音乐厅一路有多个检查点，现场秩序井然。根据我收到的入场券可以推测，当晚的决赛入场券约为1000欧元。令人意外的是，入场券上印有我的名字，因此，我还必须出示护照。我学到了不少关于恐怖袭击的知识，对相关安保措施有了更清晰的认识。

因为电视节目在整个欧洲播放，三场原本应该在黄昏举行的比赛被调到凌晨。比赛结束的时候，已然破晓。

因为坐在音乐厅里，我错过了烟火，不禁有些遗憾。但夜晚的巴库本身就焕发着迷人的光彩，璀璨的高塔，宛如现代灯塔般在云端放射着激光的摩天大楼，数不尽的发光的音乐喷泉，极具当地特色的饰灯，置身其中，你便能欣赏永不落幕的烟火。

我的房间位于酒店的十六楼，透过占据整面墙壁的玻璃窗，可以俯瞰音乐厅、大海和光芒如焰的高塔。连续八夜的灯火盛典，足以让我铭记一生。

欧洲电视歌唱大赛曾经是一场包罗了欧洲绝大多

数国家的节日；如今参赛选手越来越多，并且随着欧盟的成立，在某种程度上，选手也变得多样化，但节日的氛围却不断变化，变得更像一笔巨大的生意。歌唱比赛变成了类似好莱坞、宝莱坞乃至工厂般的由英国人操控的巨型商业实体。不可否认，主办国仍是曾经的主办国，歌手也毫无争议地代表着不同的国家，但节目的标准、基本架构、组织形式乃至每一处细节都由英国人把关。歌唱比赛变成了规模巨大的英国公司。节日盛典已然变味。

过去三十年里，我们生活的世界经历了翻天覆地的变化，比如道德的标准，比如智慧的价值。内部早已变化，却维持着表面的和平镇静，但我们这些普通人只相信我们所能看见的。因此我们相信眼前正在发生的事。毫无疑问，它们是真实的。但背地里、在我们视线之外发生的事，却更加复杂、有力，也更为关键。

我坐在欧洲电视歌唱大赛的现场，犹如置身云端，整个音乐厅都向我敞开着，舞台、走道、观众、导演、参赛者集中候场区……但我不得不承认，更多的时候，我关注着发光的巨型屏幕，而非现场的舞台。某种程度上，此情此景是对我们这些生活在21世纪的普通人的生命的隐喻，我们过着芜杂而多变的人生。我可以看见导演区的闪烁的摄像机、无数的屏幕，看见摄影师在选手之间穿梭（这场面你没法在电视里看到），他们循着精确的路线奔到歌手面前，接着又迅速折回，以免影响到现场直播。我发觉就在我身边正站着一位保镖（我就座的区域，每六个人就会配有一位保镖）。我拍下了许多令人注目的场景，我挥舞着旗帜（遗憾的是，我手里只有一面免费派发的阿塞拜疆国旗，所以无法亲自为塞尔维亚摇旗助威）。与此同时，我还紧盯着靠近座位的那排闪光的摄像机，回过头看，任何一位电视观众所看到的现场都比我看到的要清晰得多。

可现场的氛围没的说，充满力量，令人澎湃，魅力无穷，仿佛能一点点看透生命本身，虽然留下的仅仅是一点碎片，一段回味，一种印象。

停车场与大厅的距离十分远。我们不仅要带上一双舒服合脚的平底鞋（？！），甚至还带上一两只三明治以备不时之需，每一届的决赛之夜都超过（或者说至少，这取决于你怎么看）五小时。欧洲电视歌唱大赛的奇妙之处就在于它既像是节日盛典，又类似于运动竞技比赛。身着晚礼服或燕尾服，带着闪光的珍珠和金饰，脚蹬高跟鞋的观众们排着不见首尾的长队依次通过安全检查口。和所有折磨人的公共活动一样，所有观众随身携带的包都要搜查，连水都要接受检查。此外，VIP贵宾在铺着红毯、装点着花篮的音乐厅门口还必须接受金属探测器和携带警犬的安保的检查。终于等到决赛时刻了，可我不仅要出示印有我名字的专门入场券，还不得不出示护照。

飙升的肾上腺素和节日的狂欢，让我感觉自己兴奋到极点，没有任何人、任何事破坏我的好心情，只有一件事让我耿耿于怀。音乐厅位于伸向里海-哈扎尔海的海岬上，海岬上伫立着一根飘展着阿塞拜疆国旗的旗杆。这是世界上最大的旗杆。当然，不仅仅是旗杆本身，旗杆上的国旗也是最大的。高加索-里海地区吹来的风终日在巴库呼啸着，只要你经过这儿，就会听到那面国旗发出雷鸣般的巨大声响。没能在节日现场举起一面小小的塞尔维亚国旗让我懊悔不已；我有些自卑，甚至开始质疑自己的民族身份，爱国心让我如鲠在喉。我曾试着找一面塞尔维亚国旗，甚至在正式拜访驻巴库外交使馆时，向大使求助，却得不到回应。要知道我们属于一个民族，没有必要打着爱国的幌子谋取私利，也不会在任何场合滥用国旗。好在我国的选手获得了欧洲电视歌唱大赛的第三名！对于一个小国而言，无疑是一场巨大的胜利！但未能摇动三色旗为泽里科·约克西莫维奇、为我们、也是为自己助威，却让我心伤不已。我曾态度温和地向塞尔维亚大使馆的外事处请求，我需要的不过是那种全国的报刊连锁店都在售卖的廉价国旗和国徽。事实上，我们这样的平民往往无缘国际性的政治场合，甚至是体育竞技比赛场合。想想我们过着怎样的生活！我们代表着绝大多数人，我们是最普通的爱国者。但实际上，我们却像是国家饲养的宠物。我们甘愿被差遣，尽管如此，我们仍旧爱着自己的国家。我们的爱，不多也不少，我们需要的，仅仅是一面国旗。

后来，我终于在街角的报刊亭买到一面小小的、价值五十元的塞尔维亚国旗，我把它插在花瓶里。那是一只细细的、只能插一朵花的花瓶。我试图用它抚慰我在狂欢庆典后的落寞，填补我在阿塞拜疆欧洲电视歌唱大赛上未能展示祖国标志的失落——它是祖国的象征，也是欧洲的象征。

死亡,或者重生

阿塞拜疆是火之国。它的国徽形似火焰,一团喷涌而出的火红、深紫、橙色火焰。

距离巴库不远的海岸边上,有一处火祠,名为"阿塔山"①。想要介绍这一片古老的焦土并非易事。它不同于我们熟悉的古代历史中的庙宇,那里没有宏伟的纪念碑建筑或美轮美奂的立柱,也没有留下任何见证人类对火元素的敬畏与崇拜的实物。什么都没有!它不过是在平坦的焦土上用平整的暗黑色岩石垒成的庭院,庭院中心有一座矮塔,自燃的火焰从塔中源源不断地喷出。这团火已经燃烧了数个世纪。火祠与琐罗

---

① 阿塔山,意为:火地。

亚斯德教①有关。这一古老宗教崇拜火，在印度、波斯等地盛行；它竟然流传到此地，从地理学角度看，着实奇异。

我走进阿塔山。它看起来就像古代商队的歇脚处，院墙隔出了许多内庭。这些内庭既是祈祷室，也是供朝圣者、火之信徒遮雨蔽日的庇护所。

火祠沉默地证明着远古时期对地底热力的崇拜，折射了人类与地球、与自然、与令人惊异又难以预测的天地之力和谐共处的历史。

不得不承认，直到我走进火祠，我才意识到阿塞拜疆人为何会迷恋喷泉，为何在每一处街道上都修建着喷泉，为何这里随处可见伴着光与音乐的水之舞。答案就在这里：在里海-哈扎尔海之滨，在海洋深处，只要你叩一叩地球，便会喷出油料、天然气，还有伴随着灼热的气流涌出的混杂着火山灰和熔岩的涓涓水流。在阿塞拜疆，除了从里海-高加索地区吹来的永不止歇的风以及海滨的村庄，其他的事物无一不是滚烫的。

我们的巴士司机是一位安静的男人，他话很少，总是低着头看地面，直到踏进火祠，他才第一次开口

---

① 琐罗亚斯德教是在基督教诞生之前在中东最有影响的宗教，是古代波斯帝国的国教，也是中亚等地的宗教。

说话。

"请诸位参观火祠吧,我要回家一趟,离这儿不远,就在附近的村子,我给你们摘些自家院子里的黄瓜吧。"

他的直率让我们很意外,当然更让我惊讶的是他给我们带来的礼物。黄瓜,竟然是黄瓜!

他很快就回来了,满是自豪地扛着一捆小小的温热的黄瓜。这些黄瓜虽然看起来不起眼,但异常多汁,美味极了。

"我对自家院子里的黄瓜,可是很有信心!你们不知道要让它们在阿塞拜疆、在海边活下来有多难,而我却拥有一整座菜园。这里遍地都可以挖到油和气,可我们也需要黄瓜啊!"

老天,我从哈扎尔的土地上带回的一切都不及这句话给我的印象深刻。世界是相对的,财富同样也是相对的,无法用数额的大小来衡量的,人类对它的认知可谓千差万别。

我在阿塞拜疆仿佛化身为真正的哈扎尔公主,收到了许多珍贵的馈赠,有丝绸、天鹅绒、金银财宝、织物、茶叶,但黄瓜却是绝无仅有、意义非凡的,是礼物中的礼物。透过它,我看见哈扎尔这片土地的本质。

　　一进火祠，我的漆皮凉鞋上的带子便开始噼啪作响。可真有我的！没有谁会穿着简易的凉鞋走石头路，何况地下还充满易燃气体，地球的内部正在呼吸！这声音似乎暗示着前路将充满这样或那样的惊喜。我这个年纪，已经历经沧桑，对于人世乃至彼岸世界都有所体悟。

　　参观了12世纪的火祠之后，我们来到一处兼具建筑学价值和人种学价值的现代重建的遗址——"加拉"。和之前的遗址截然不同，"加拉"被整饬得焕然一新，它的外观融合了古典与现代风格。这座伫立在考古学公园里的中世纪堡垒已经彻底翻新，就连最底下的石子都已经换过。它整个儿都是崭新的。

　　不要忘了，我之所以启程开始这趟阿塞拜疆之旅，是为了从被视作哈扎尔人的人那里带回些石头，埋在帕维奇身边，埋在我的丈夫身边，埋在位于塔斯玛吉丹公园的纪念碑边上。于是，我来到这个如同鸡尾酒般混合了各种文明的国度，我在戈布斯坦、在火祠收集到了石子，在沙滩上捡到了小贝壳。然而，在加拉，一切都被修饰得近乎完美，我甚至都看不到一只鹅卵石。

我趁机询问带我们穿越巨大遗址的馆员,这里是否发掘过任何可以证明公元9世纪哈扎尔部落出没于如今的阿塞拜疆的证据。

但她并不理会!她不断重复哈扎尔这个民族并不存在,哈扎尔不过是一片海。但我坚信历史上存在哈扎尔民族,并罗列了一系列证据,却还是没法说服她……那女孩十分固执:这里没有哈扎尔人,只有海!我回味着这句话,觉得她不无道理,帕维奇选择这个消失在历史和时间的深渊中的民族作为主题并非偶然。所有民族都能在这个主题中获得关于身份的隐喻。曾经桑田,如今沧海——哈扎尔海——仅此足矣。就像亚特兰蒂斯岛沉没后,只剩下名为亚特兰蒂的大海①。世事变迁后,唯余空寂。正是因为没有留下有形的遗迹,哈扎尔人的故事才变得格外神秘——没有建筑,没有语言,没有文字,没有墓穴,没有陶制品。了无痕迹!只有这面富藏着石油的水域还被当地人称作哈扎尔,只有阿塞拜疆境内的几处村落名为哈扎尔,只有某个姓氏叫作哈扎尔。

哈扎尔地区的哈扎尔人也质疑我,令我大为受

---

① 亚特兰提海,即大西洋。

挫。我和一位现代风格的可汗雕塑合影，想象他就是《哈扎尔辞典》中的可汗，而我正是哈扎尔海滨的阿捷赫公主。为什么不呢！？

那天早上，我们四个人是这片综合景区仅有的游客，五月的烈日炙烤着万物，我们的导游金娜（也就是安吉丽娜）头痛欲裂。我们只好躲进新翻修的中世纪堡垒附近某家超现代风格的餐厅里。餐厅的外立面由钢筋、大理石和巨幅玻璃构成，与近旁堡垒的浅灰色石材堪称绝配。我们坐在皮沙发上打着瞌睡，毒烈的阳光影响了我们的心情，我们只觉得累和困，甚至还有一丝忧郁和沮丧。空调发出单调的嗡嗡声，远处几位侍者正在低声交谈着。我们不发语言，每个人都深陷在自己的情绪里。

突然，有东西重重地撞上了玻璃墙。撞击声十分有力。我们跳了起来，侍者们一路小跑。一只带血的鸽子躺在了餐厅外炽热的大理石地上。它背部着地，仰躺着。已经死了吗？！这情景既诡异又恐怖。鸽子似乎将巨大的玻璃幕墙当作了空气，误以为这里没有阻碍，全速冲了过来，便撞上了。现在它已经死了，就躺在我们面前，近在咫尺，却因为一墙之隔，内外之别，又仿佛远在天边。它被玻璃墙反射出的那片无际的天空欺骗了,这幻象给了它致命的惩罚。

孤单的鸽子要飞往哪里?为什么它没有意识到那里不是天空,而是墙?为什么它一定要我们亲眼见证它的惨死?为什么我会在这次愉快的旅行中见证死亡?为什么哈扎尔会有这样的惨剧?

侍者们端着一杯水,冲了过去,推开门,去救那只鸽子。

就在这时,我甚至都还没来得及看清究竟发生了什么,它翻了个身,站了起来。

它还活着!

我们都满心欢喜地松了一口气。我们见证了一次死而复生。多么神奇!多么幸运!我们亲眼见证了一场意外的死而复生。

鸽子转了转它的小脑袋,透过玻璃打量我们。它似乎在摆造型,于是我为重生之后的它拍下了一张照片。不久,它在大理石平台上蹦了蹦,扑腾了两下翅膀,便向着天空,向着那片自由、开阔、无限、近于永恒的地方飞去了。

可它刚刚飞了几米,就跌回地面。仍旧是背先着地。和刚才一样。不过它小小的爪子握得紧紧的。

侍者们冲了出去,给它的身体洒水,将它挡在阴影里,却无济于事。鸽子一动不动。它死了。就隔了几分钟,它又死了一次。

我们几乎是逃出餐馆的。无形的死神之手就在身边制造暴行,我们感到恐惧。

我连续见证了两次死亡和一场重生。

多么可怕的经历!

即使强者,也难逃一死。

*

2011年6月,贝尔格莱德塔斯玛吉丹公园的帕维奇纪念碑揭幕仪式遭遇了一场强暴风雨。当天,雨水如注,路上水流成河,树木被风撕扯着。塞尔维亚和阿塞拜疆的两位总统几乎无法完成为纪念碑揭幕的仪式。风不断吹起遮盖物,露出纪念碑本身。

两国使者充满仪式感地走到帕维奇的纪念碑旁边。塞尔维亚总统鲍里斯·塔迪克吩咐我,由我将他们引至纪念碑边,并宣读官方协议。随后,一群鸽子被放了出来。但有一只鸽子怎么也不愿飞走。它始终缩在帕维奇的纪念碑、帕维奇的第二副身体附近的花圃中。塔迪克把它小心翼翼地捧在手中,仿佛他的双手就是它的巢穴、食盆，他把鸽子递给了我，让我爱抚这只鸽子。莫非这是最后一次机会？

那一刻，我被击中了，竭力平静地说：

"是他，是帕维奇的魂魄，对吗？"

塔迪克没有说话，只是微笑着，但是在他的眼睛里有一片深渊般的空寂，透过它，你仿佛看见星辰与宇宙的尽头。

我永远也忘不了那失神的一瞥。

我知道，这听起来有些矫情。总统和哈扎尔公主，白鸽和暴风雨。

但这就是事实……

*

总统团队、大臣、安保、记者、摄影师按部就班地退场。

一位记者却留到了最后。很意外地，她向我提问：

"那只鸽子是被做了什么手脚吗？"

我回答：

"大概是接到了政府最高级别的指示，我无权再透露更多了！"

哈扎尔海滨 [①]

天下没有不散的筵席,这场地跨欧亚的身心之旅也将以筵席作为结束。

我就坐在哈扎尔海的海岸边,享受着海鲜午宴。他们帮我们披上了柔软的毛毯,猛烈的风带来了油和贝壳的气息,侍者们端上了许多盛着鱼和酱汁的浅盘。

阿塞拜疆的一切都是那么模棱两可。这儿既不属于欧洲,也不属于亚洲,既不以穆斯林为主要宗教,也没有其他足以称霸一方的宗教;人人都会俄罗斯语,但他们的母语却属于土耳其语系;甚至里海,名为海,实际上,却是湖。

[①] 哈扎尔海滨(Hazar Denizi Sahilinde),Hazar Denizi Sahilinde 为阿塞拜疆语,哈扎尔海滨即指今里海海岸。

著名的白鲸鱼鱼子酱中的白鲸鱼真的是一种鱼。我这才意识到，白鲸鱼并非一家公司的名字，而是一类特定的鱼！一类异常美味的鱼。它必须生活在大海和河流之间，所以十分稀少。

他们端上了用鲟鱼、白鲸鱼、库图姆鱼和萨赞鱼等烹饪的菜肴，在国宴上，这些鱼都会配上石榴酱。主食沙拉是鲜李子和酱李子。桌上摆着一排碟子，分别盛着鲜嫩多汁的小葱、香菜、蒿菜、薄荷。

阿塞拜疆菜与土耳其菜、塞尔维亚菜的口味差异极大。这里的菜通常是半熟的，分量少，但会放更多酱汁，口味更加辛辣。它不同于小亚细亚风味，更像是南欧或地中海菜系，却保有自己的风格。我猜，这里的菜大约受到里海-高加索地区菜肴的影响。它给我的味蕾带来了异常特别的体验，让我回味良久，犹如此地的历史传统和地理起源。

阿塞拜疆最著名的菜肴是肉饭，我可以直截了当地说，阿塞拜疆肉饭的烹饪方式与塞尔维亚人处理米饭的方式完全不同。阿塞拜疆肉饭的秘诀在于香料。抹着一层厚厚核桃酪的鸡肉是当地的名菜，肉饭上也常常覆上一层类似的酱汁。

不过，在阿塞拜疆喝上一杯咖啡可真是件难事；欧洲电视歌唱大赛期间,也不例外。我花了五天时间才意识到阿塞拜疆人根本没有喝咖啡的习惯。从文化渊源上看,阿塞拜疆人之所以喜欢喝茶,大约受到两种文化的影响:一是俄罗斯文化,二是伊斯兰文化,这两种文化对阿塞拜疆的影响可谓源远流长。阿塞拜疆人喝茶的习惯,具体到使用的器具、泡茶的方法、茶的口味,都因袭了俄罗斯和伊斯兰的经验,所以有些外国人会觉得当地饮茶的方式似曾相识,有些外国人却感觉颇为陌生。如果你预备在巴库喝一杯咖啡,先预留好等待的时间;咖啡端上来后,通常还没有糖,你得额外要一些糖,而他们给你的糖不会超过一茶匙,甚至会以牛奶代替。一开始,你会觉得是服务员在偷懒,认为大赛主办方对服务员的培训不过关,但你很快会发现,即使是在应对其他更为复杂的情景时,他们也没有出过任何纰漏;我这才意识到在阿塞拜疆咖啡是舶来物,麻烦的根源并非负责餐食的服务人员的怠慢、语言障碍或者低效,而是咖啡本身。

  旅行的后半程,我改喝茶,一切便好多了。他们将坚硬的方糖单独放在一只碗里,我喜欢将它们投入茶水中,抿上一口。方糖逐渐融化,甘甜的滋味随着茶水缓缓弥漫于唇齿间的感觉令我回味无穷。

*

旅行的最后一天,我们受邀参加了一场家庭聚会。巴库当地的别墅集中在海岸边,聚会便是在海边。那天是某位同行者母亲的八十岁生日,这位老妇人定居在塞尔维亚,但出生在阿塞拜疆。

我坐在阶梯边,感觉自己置身于一场气氛、排场都和电影《芬妮和亚历山大》①中的情境一模一样的节日聚餐。这感觉奇异极了。

尽管只是一场家庭聚会,但宾客都是阿塞拜疆文艺界、知识界、政界以及学术界的精英。尽管不算意外,但在此之前,我还从未出席过如此规格的私人聚会。高雅的话题和举止,高级的招待和饮食,觥筹交错,言笑晏晏,在自己的祖国,我却从没奢望能有如此文明的待遇。

我们一行塞尔维亚女子被这家人视作远道而来的贵客,被邀请前往家中做客。正因为我们是塞尔维亚人,才有如此礼遇,加入庆典。宴会上,我们一再为

---

① 《芬妮与亚历山大》,著名瑞典导演英格玛·伯格曼在1992年拍摄的电影,影片中呈现了一场其乐融融的圣诞家宴。

塞尔维亚举杯。这家人十分好客，他们直率、淳朴和细致，远离故土的我仿佛又回到了祖国。虽然我身在阿塞拜疆，却不时感觉自己是在塞尔维亚南部、希腊或者土耳其小镇上的名人世家，甚至还感受到阿罗蒙地区特有的微妙氛围。

让我大感意外的是，宴会上招待我们的女主人，一位女政治家竟然把手机别在胸口。我着实吓了一跳！要知道，在塞尔维亚，女人一度（甚至直到现在）把钱藏在胸口中心的位置，她却把现代通信设备放在如此私密的位置！（可别跟我说把手机放在胸口会影响健康！把钱放在胸部也不健康；健康与否这不是重点！）

我们随后前往女政治家附近的另一处别墅里饮茶、吃蛋糕和饼干。那幢别墅位于哈扎尔海滨。那儿有一片泳池，有一座种满桂足花、须苞石竹和玫瑰的花园。一只盛着茶水的地道的俄罗斯式茶壶就摆在室外，旁边还有一只形似水烟壶的装满火炭的小炉子。

我在花园里左顾右盼，打量着围坐在大桌边上的人们。俄罗斯女人身材浑圆、金发白肤，有着深色的大眼睛，面部就像长有鸟嘴般轮廓分明；皮肤黝黑的男人却显得面目模糊。世界各地不同地区乃至不同时期的文化与文明在他们身上留下或深或浅的烙印，这些印记互相影响，难以辨明……女人们已经开始生出皱纹，却露出猫似的养尊处优的神情，吸引着在场男人们的关注和照顾。长久以来，不仅在塞尔维亚乃至整个欧洲，女性们不得不委身于男人。无所不在的男权和与之相关的不平等已经被我们视作司空见惯、理所应当的事，我们甚至开始学会饮鸩止渴，陶醉其中。很久之前已经在欧洲绝迹的事物竟成为如今令我们趋之若鹜的事物。无疑，我们还有很长的路要走。

*

　　返程日子到了，当我带着打包好的行李准备离开时，却被告知航务系统中无法查询到我的返程票，我将无限期地滞留在巴库！虽然我是 VIP 贵宾，乘坐的是商务舱，购买的是原价票，却仍旧无济于事。虚拟的航务系统将它们一笔勾销了。我被困在距离家几千公里之外的阿塞拜疆。我有些恐惧。我想一定是头上的神明在警告我，他们曾经在我面前杀死了一只鸽子，如今又要阻止我返程。我似乎在欧洲电视台、欧亚基金会赞助的朝圣之旅中，冒犯了哈扎尔人……

既然我丈夫米洛拉德·帕维奇的巨型纪念碑曾由一架军用飞机从巴库运到贝尔格莱德，那我应当也能乘上一架民用飞机返回小小的塞尔维亚啊。我祈求头顶的神明不再阻挠我，我愿将我身边的所有礼物全部贡献出来，但显然整件事中起决定性作用的是阿塞拜疆的外事部门。

终于，在行政力量和其他人员的协助下，航务系统解锁了我的名字。我搭上了飞往贝尔格莱德的航班，在飞机里，我从报纸上得知音乐大赛决赛的当晚曾及时阻止了一场恐怖袭击。坦白说，我并没有被吓到。比起恐怖袭击，路上的交通，甚至那些不怀好意的神魔更让我畏惧。

回到贝尔格莱德之后，我把从哈扎尔带回的鹅卵石埋在塔斯玛吉丹公园纪念碑附近的花圃中——包括戈布斯坦的深色石头，从名为阿塔山的火神之庙中带回的黑色碎石子，还有从哈扎尔海滨带回的小贝壳。

最后，我写下了这次旅行的见闻——《哈扎尔海滨》——我相信文字就像石头一样恒久稳固，这是我成为作家的原因。愿文字永恒……

出版说明

本书收录了雅丝米娜·米哈伊洛维奇独自创作的两部作品,一部是于2010年在《Ona》杂志上发表的《迟到的情书》,另一部是于2012年至2013年在《Ona》杂志上连载的《哈扎尔海滨》。

本书同时收录了雅丝米娜·米哈伊洛维奇和米洛拉德·帕维奇共同创作的两部作品。2004年,两人合作的《爱情故事的两个版本》在《Čigoja》杂志上发表。《科托尔文具匣》是两人在不同时期创作的两篇作品,这两篇作品是第一次作为同题作品收录在书中。

NA OBALI HAZARSKOG MORA by Jasmina Mihajlović
Copyright © 2014 Jasmina Mihajlović
This edition is published by arrangement with Tempi Irregolari, Italy.
本书中文简体字版版权，浙江文艺出版社独家所有。
版权合同登记号：图字：11-2016-463 号

图书在版编目 (CIP) 数据

爱情故事的两个版本 / [塞尔维亚] 雅丝米娜·米哈伊洛维奇，[塞尔维亚] 米洛拉德·帕维奇著；刘媛译. —杭州：浙江文艺出版社, 2018.8
ISBN 978-7-5339-5326-3

Ⅰ. ①爱… Ⅱ. ①雅… ②米… ③刘… Ⅲ. ①文学—作品综合集—塞尔维亚—现代 Ⅳ. ① I543.15
中国版本图书馆 CIP 数据核字 (2018) 第 113424 号

策划统筹：曹元勇
责任编辑：王丽荣
封面设计：裴峰南
责任印制：吴春娟

爱情故事的两个版本

[塞尔维亚] 雅丝米娜·米哈伊洛维奇　米洛拉德·帕维奇　著
刘　媛　译

出版：浙江文艺出版社
地址：杭州市体育场路 347 号　邮编：310006
网址：www.zjwycbs.cn
经销：浙江省新华书店集团有限公司
印刷：上海中华商务联合印刷有限公司
开本：787 毫米 ×1092 毫米　1/32
字数：90 千字
印张：6.125
插页：4
版次：2018 年 8 月第 1 版　2018 年 8 月第 1 次印刷
书号：ISBN 978-7-5339-5326-3
定价：42.00 元

版权所有　侵权必究
（如有印、装质量问题，请寄承印单位调换）